KB114668

헌터세계의 귀환자

FUSION FANTASTIC STORY

김재한 장편소설

헌터세계의 귀환자 6

김재한 장편소설

초판 1쇄 찍은 날 § 2019년 4월 23일
초판 1쇄 펴낸 날 § 2019년 4월 30일

지은이 § 김재한
펴낸이 § 서경석

총괄팀장 § 최하나
편집책임 § 최광훈

펴낸곳 § 도서출판 청어람
등록번호 § 제387-1999-000006호
등록일자 § 1999. 5. 31
어람번호 § 제1-3018호

주소 § 경기도 부천시 부일로 483번길 40 서경B/D 3F (우) 14640
전화 § 032-656-4452 팩스 § 032-656-4453
http://www.chungeoram.com
E-mail § chungeorambook@daum.net

ISBN 979-11-04-91985-5 04810
ISBN 979-11-04-91899-5 (세트)

FUSION FANTASTIC STORY

김재한 장편소설

6

헌터세계의 귀환자

청어람

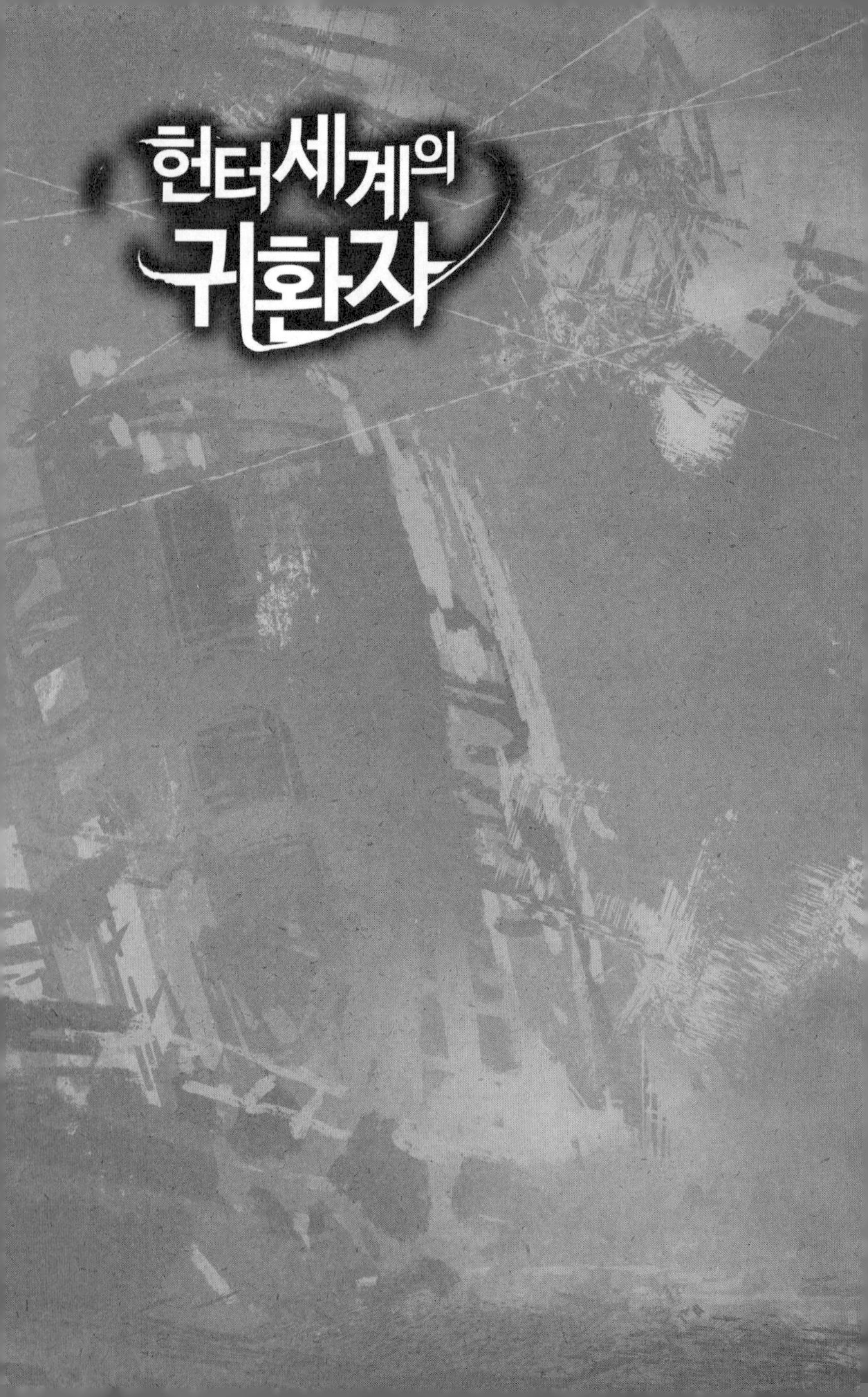
헌터세계의
귀환자

Contents

Chapter37

요격 준비

1

　대만 타이베이 한복판에서 터진 게이트 브레이크는 전 세계에 충격을 던져주었다.

　대만 정부는 국가비상사태를 선포하고 방위 체제를 전면적으로 점검하기 시작했고, 다른 나라들 역시 위기감을 드러냈다.

　그리고 크리스마스를 며칠 앞둔 시기에, 일본에서 일이 터졌다.

＊　　　＊　　　＊

구구구구구······.

광활한 사막 한복판에서 검은 폭연이 피어오르고 있었다.

일본 교토 외곽에 발생한 45미터급 게이트 내부였다.

현재 일본의 수도, 오사카를 포함한 간사이 지방에서 발생한 게이트이니만큼 일본 최정예라고 할 수 있는 전력이 투입되었다.

심지어 그것으로 방심하지 않고 만약의 사태를 대비해서 동급의 다른 팀을 지원조로 준비하기까지 했다.

얼마 전 터진 대만의 게이트 브레이크 사태 때문에 일본 정부도 경계심을 최고조로 끌어 올리고 있었던 것이다.

하지만 일본의 방위 시스템을 책임지는 자들이 최선을 다한 그 조치는, 그들이 상정한 것 이상의 재앙 앞에서는 무력하기 그지없었다.

"정말 기둥의 제물이 맞나?"

사막 한복판에서 실소하는 것은 인간이 아니었다.

금발에 마치 상아 같은 색과 질감을 띤 피부, 그리고 뾰족한 귀와 붉은 눈동자. 판타지 영화에 출연하기 위한 정교한 특수 분장이라도 한 것 같은 이질적인 외모를 가진 상아인 타락체였다.

"이 세계는 도대체 어떻게 생겨먹은 거지? 군주들의 대적자가 이렇게 약해 빠졌다니."

자루도, 날도 모두 백색을 띤 창을 든 상아인은 폭연 속을 유유히 걸었다.

그 앞에는 영롱한 빛을 발하는 해머를 든 자가 있었다. 엉망진창으로 망가진 백은과 황금의 갑옷을 입은 자, 구세록의 계약자 사다모토 아키라였다.

"약한 주제에 정말 끈질기군. 짜증이 나."

상아인이 눈살을 찌푸렸다.

그와 사다모토 아키라의 실력 차는 압도적이다. 거의 무술의 단위 보유자와 초심자만큼의 차이가 있다.

그런데도 사다모토 아키라를 좀처럼 끝장낼 수가 없었다.

활동 시간이 한정된 그로서는 빨리 끝장을 내고 싶은데, 사다모토 아키라는 기이할 정도로 잘 버티고 있었다.

'마치 누군가 실시간으로 조언이라도 해주고 있는 것 같다.'

상아인은 그런 사다모토 아키라를 보며 이질감을 느꼈다.

마치 결정적인 순간에 누군가 최적의 답을 조언해 주기라도 하는 것 같았다. 그런 느낌이 드는 국면이 몇 번이나 있었다.

'하지만 그런 놈이 있으면 진즉 나왔어야지. 혹시 그런 계통의 특수 능력을 가진 건가?'

둘이 폭연 속에서 대치하고 있는 가운데, 헌터들은 패닉에 빠져 있었다.

[상황이 어떻게 된 거야? 보고해! 뭐라도 좋으니까 보고하라고!]

[알파 분대는 완전히 연락 두절입니다.]

[폭심지는 관측 불가능. 부근의 드론은 전기 격추당했습니다. 새로운 드론을⋯⋯.]

[고스트는 어떻게 된 거야? 설마 당한 건가?]

[젠장, 고스트마저 당해 버리면 우리는⋯⋯.]

물론 사다모토 아키라도, 상아인도 전파를 수신하는 능력이 없었기에 그들의 심정을 알 수 없었다.

"어쨌든 이럴 줄 알았으면 군주 강림을 준비해 두는 건데⋯아깝군."

상아인이 혀를 찼다.

타락체가 강림해서 날뛰기 시작하자, 사다모토 아키라가 전사자의 시신에 빙의해서 나타났다.

대만 타이베이의 게이트 브레이크 때문에 사다모토 아키라도 경계심을 끌어 올리고 있었던 것이다.

하지만 그는 혼자였고, 상아인 타락체는 그가 감당할 수 없을 정도로 강했다. 처음에만 대등하게 맞섰을 뿐, 시간이 갈수록 궁지에 몰리고 있었다.

"이젠 좀 무리해서라도 끝내주지. 시간이 없거든."

자세를 잡으며 말하던 상아인은 갑자기 흠칫해서 고개를 들었다.

콰아아앙!

그리고 먼 곳에서 날아든 한 줄기 섬광이 그 자리를 강타했다.

"이건 또 뭐야?"

상아인이 눈살을 찌푸렸다.

그의 앞에는 최정예 헌터들에게 지급되는 M슈트를 입고, 얼굴이 보이지 않는 헬멧을 쓴 남자가 서 있었다.

서용우였다.

"상아인 타입인가."

용우가 중얼거리고는 사다모토 아키라를 흘끔 바라보았다.

사다모토 아키라는 만신창이였다. 의식을 잃지 않고 버티는 게 한계인 것 같았다.

'마력은 별로 안 큰 놈인데.'

상아인의 마력은 6등급 몬스터 수준. 사다모토 아키라보다도 아래였고, 지금의 용우와 비교해도 별 차이가 없었다. 타락체 중에서는 그리 강한 놈은 아닐 것이다.

그런데도 사다모토 아키라가 일방적으로 당한 이유는 하나였다.

'마인드 리딩이 장기인 놈이군.'

고도로 단련된 텔레파시를 이용, 상대방의 행동 의지를 읽어내어 수 싸움에서 우위를 점하는 타입.

텔레파시 공방에 대한 개념조차 없는 1세대 구세록의 계약자들에게는 최악의 난적이다.

"대만에서 재미를 보더니 아주 맛이 들린 모양인데……."

사다모토 아키라가 상아인과 전투를 벌인 지 10분.

그동안 그가 외로운 싸움을 해야 했던 이유는, 타락체가 나타난 곳이 이곳만이 아니기 때문이었다.

미국 워싱턴에 열린 게이트에서 한발 빠르게 타락체들이 출현했던 것이다.

용우는 브리짓과 휴고에게 그쪽을 맡기고 만약을 대비해서 차준혁을 대기 상태로 두었다. 그리고 차준혁이 열어준 워프 게이트를 타고 일본으로 온 것이다.

"이제부터는 지구로 오는 족족 죽여주지."

미국 워싱턴과 일본 교토에서 열린 게이트에 타락체가 출현했다는 사실이 의미하는 바는 명확했다.

타락체들은 대만 타이베이에서 그랬듯 두 지역에 있는 아티팩트 보유자들을 노리고 있었다.

'아티팩트 회수를 서둘러야겠군.'

용우는 대만 타이베이 게이트 브레이크 직후부터 진행하고 있는 일을 빠르게 처리해야겠다고 생각하며 타락체와 마주했다.

"흐음."

타락체가 용우를 보며 눈썹을 치켜 올렸다.

"아직 일곱 번째 문밖에 안 열린 걸로 아는데… 이만한 인간이 있다니 놀라운걸."

군단은 이미 지구 인류의 전투 능력에 대해서 파악하고 있었다. 서용우에게서 느껴지는 마력은 인류의 한계치를 한참 상회하는 수준이었다.

"넌 타락체 중에서는 별 볼 일 없는 놈 같은데, 신경 써서 죽이는 것도 귀찮으니까 그냥 자살하면 안 되겠냐?"

"…주제 파악을 못 하는구나."

용우의 심드렁한 도발에 상아인이 발끈했다.

하지만 용우는 그를 무시하고 사다모토 아키라에게 손을 내밀었다.

―리모트…….

원격 치료 스펠을 발하는 순간, 타락체가 블링크로 공간을 뛰어넘어서 용우를 공격했다.

쾅!

그리고 창을 찌르는 기세 그대로 튕겨 나가서 사막에 처박혔다.

"커헉……?"

그가 자신에게 일어난 일을 믿을 수 없다는 듯 혼란스러워했다.

'분명히 진심이었는데?'

용우가 파악한 대로 상아인은 마인드 리딩이 장기였다.

상대방의 행동 의지를 읽어 들인다는 것은 일대일 대결에서는 예지나 다름없는 효과를 발휘한다. 방금 전에 용우는 진심으로 사다모토 아키라를 치료하려고 했고, 스펠을 발동 직전까지 끌어 올린 상태라면 상아인의 기습에 대응하기는 어려웠

어야 했다.

그런데 그가 기습을 가하는 순간, 용우는 완벽하게 준비된 카운터로 그를 날려 버린 것이다.

투학!

몸을 튕겨서 일어나는 그를 추격해 온 용우가 발차기를 날렸다.

팔을 교차해서 그것을 막아낸 상아인은 곧바로 다음에 이어질 용우의 행동 의지를 읽었다.

'다음 공격과 그다음 공격까지 피하면서 태세를 바로잡고 반격을⋯⋯.'

상아인의 생각은 끝까지 이어지지 못했다.

파악!

용우의 검이 그의 왼쪽 다리를 잘라 버렸기 때문이다.

"크아악!"

상아인이 비명을 질렀다.

"너, 너⋯⋯!"

왼쪽 다리를 잃고 주저앉은 상아인이 공포에 질린 눈으로 용우를 바라보았다.

용우가 헬멧 속에서 웃었다.

"기둥의 제물조차도 저 모양인데, 어떻게 이런⋯⋯."

상아인은 말을 끝맺지 못했다.

용우의 양손 대검에서 뿜어져 나온 에너지 칼날이 그의 머리통을 통째로 날려 버렸기 때문이다.

"앞으로도 계속 이런 얼간이들만 있으면 참 좋겠는데."

마인드 리딩은 용우에게는 예지능력 이상으로 손쉬운 먹잇감이었다. 행동 의지를 읽어내지 못하도록 봉쇄하는 것도 쉬웠고, 더 나아가서 정보를 조작할 수도 있었기 때문이다.

서로 마력이 비등한 상황에서 허를 찔려서 크게 한 방 맞은 시점에서 승패의 저울은 기울어졌다.

그런데도 마인드 리딩에 대한 의존을 버리지 못한 것이 상아인이 허무할 정도로 쉽게 당한 이유였다.

후우우우우!

용우는 머리 잃은 상아인의 시체를 붙잡고 에너지 드레인을 발동했다.

상아인의 마력이 빨려들어 오면서, 그 몸이 미라처럼 바짝 말라비틀어지기 시작했다.

"음?"

문득 용우가 눈살을 찌푸리며 뒤를 돌아보았다.

조금 전까지만 해도 사다모토 아키라가 있던 그곳에는 한 구의 시신이 쓰러져 있었다.

사다모토 아키라가 빙의를 풀고 물러난 것이다.

"…감이 좋은 건가?"

용우는 이 기회에 사다모토 아키라의 본체가 있는 곳을 알아내려고 했다. 하지만 사다모토 아키라는 마치 그런 낌새를 알아차리기라도 한 것처럼 사라져 버렸다.

혀를 찬 용우는 상아인의 시신을 완벽하게 처리한 뒤 텔레포트로 그곳을 떠났다.

2

서용우에게 구세록의 계약자들의 가장 뛰어난 능력을 하나만 고르라면, 그는 주저 없이 게이트 감시 능력을 고를 것이다.

구세록의 계약자가 아닌 용우는 게이트 내부를 들여다보는 능력이 없다.

용우는 구세록과의 계약을 탐탁지 않게 여겼지만, 적들과 싸우기 위해서는 그들의 능력이 필요하다는 것을 인정했다.

군주 개체나 타락체가 나타났을 때 그 움직임을 빠르게 파악하고, 공간 좌표를 확보하려면 차준혁이나 브리짓이 지닌 구세록의 계약자로서의 능력이 필수였으니까.

"이번 타락체는 그렇게 큰 위협은 아니었습니다."

브리짓과 휴고는 미국에 나타난 타락체를 별로 어렵지 않게 쓰러뜨렸다.

그 말에 용우가 빈정거렸다.

"나한테 노하우를 전수받기 전이었어도 그랬을까?"

"…아니었겠죠."

브리짓이 순순히 인정했다.

팀 섀도우리스의 훈련에 참가하지 못했다면, 그녀 역시 사다모토 아키라 같은 꼴을 당했을 수도 있었다.

"어쨌든 이걸로 한 가지는 분명해졌군."

용우는 이번 사태로 한 가지 사실을 알 수 있었다.

"이놈들은 정보 공유가 제대로 되고 있지 않아."

적들이 대만에서 일어난 일에 대해서 정보를 공유하고 분석했다면 이런 결과가 나오지 않았을 것이다.

상아인은 용우의 존재도 모르고 있었고, 지구인이 마인드 리딩에 대항할 수 있다고는 전혀 생각도 못 하고 있었다.

브리짓이 말했다.

"일단 놈들은 게이트 내부를 실시간으로 관측하는 게 아니라는 가설을 세워볼 수 있겠군요."

"나도 그럴 가능성이 높다고 본다. 아마 게이트에 투입되었던 놈들이 다시 돌아가서 보고하는 과정이 필요한 게 아닐까?"

"하지만 그러면 이비연이라는 타락체가 걸립니다만."

"그렇지……."

이비연이 살아서 돌아갔는데도 적들은 용우에 대해서 모르고 있지 않았는가?

'비연이가 의도적으로 정보를 감췄을까?'

이비연이 대단히 특이한 타락체이긴 하지만 그게 가능할지

의문이었다.

이것은 용우가 타락체 이비연에 대해서 잘 모르기 때문에 겪는 혼란이기도 했다.

용우는 자신과 마주했을 때 의지와 육체가 어긋나는 이비연의 모습을 봤을 뿐이다. 자신과 만나지 않은 평소의 타락체 이비연이 어떤지를 알지 못했다.

"일단 이비연을 예외로 두고, 그 가설이 옳다고 치면… 타락체의 경우는 지구에 나타났을 때 죽이기만 하면 놈들에게 정보가 전달되는 걸 막을 수 있다는 이야기가 되겠지."

"하지만 지휘관 개체나 군주 개체는 빙의형이니 그렇게 안 되겠죠."

그들이 빙의한 몬스터를 처치한다 해도 의식이 본진으로 돌아갈 뿐이니까 말이다.

"결국 늦든 빠르든 우리 정보가 넘어가는 건 정해진 사실이라고 봐야겠지. 그때가 되면 타락체들 상대하기도 더 까다로워질 거야."

"그리고 놈들이 아티팩트의 위치를 알고 있는 건 확정적으로 봐야 할 것 같습니다."

브리짓이 또 한 가지 중요한 사실을 지적했다.

대만 타이베이.

일본 교토.

미국 워싱턴.

타락체가 등장한 이 세 곳의 게이트에는 공통점이 있었다.

바로 아티팩트 보유자들이 살고 있는 도시라는 것.

"게이트를 어디에다 열지도 컨트롤할 수 있는 것 같고요."

"그거야 별로 놀랍지도 않지."

"이제 와서 갑자기 타락체라는 강력한 전력을 투입하기 시작했는데, 놈들의 목적은 아티팩트뿐일까요?"

"글쎄……."

브리짓이 제기한 의문에 용우가 눈살을 찌푸렸다.

몇 가지 짚이는 구석은 있었다.

'놈들이 타락체를 내보낼 수 있게 된 건 내가 구세록의 계약자들을 처치한 것과 관련이 있겠지.'

7번째 각성자 튜토리얼 이후 많은 변화가 일어났다.

아티팩트가 인류의 손에 쥐어졌고, 지휘관 개체와 군주 개체가 모습을 드러냈다.

하지만 타락체가 모습을 드러낸 타이밍은 역시 애매했다.

용우는 그들이 등장할 수 있게 된 것이 자신이 구세록의 계약자들을 처치하고, 성좌의 무기를 차지한 영향이라고 추측하고 있었다.

'언젠가는 올 게 좀 더 빨리 온 거겠지만…….'

가장 큰 문제는 누구도 이 게임의 규칙을 제대로 알지 못한다는 것이다. 적이 정보 우위를 쥐고 있는 상황에서는 계속 끌려다닐 수밖에 없다.

'올해 8세대 각성자들이 나타나면 그때는 분명 몽상가나 왕래자도 나타나겠지.'

구세록에 기록된 몽상가와 왕래자의 존재 역시 마음에 걸린다. 지혜의 빛이 그랬듯 저 둘도 적들에게 유리한 요소일 테니까.

잠시 생각하던 용우가 말했다.

"타락체를 투입하는 전술적 목표는, 아티팩트 확보를 제외하고 본다면 역시 게이트 브레이크겠지."

"게이트 브레이크를 일으키는 목적은… 물론 그 자체만으로도 인류에게 위협이 되긴 하겠지만, 아무래도 그 '영혼의 수확' 쪽이 더 큰 이유가 아닐까요?"

"그럴 것 같군."

적들은 정보세계에 근본을 둔 언데드들이다. 타락체는 일종의 외인부대 같은 개념일 것이고.

적들의 1차적인 목적은 인간의 영혼을 수확하는 것이다.

몬스터에게 살해당한 인간들의 영혼은 적들… 이비연의 표현대로라면 '군단'의 소유가 된다. 그리고 군단은 인간의 영혼을 자원으로 소모함으로써 지성체를 지구로 보낼 수 있었다.

"그리고 놈들에게는 각성자의 영혼이 일반인의 영혼보다 더 가치 있을 거야. 어비스 때도 강한 사람의 영혼일수록 가치 있다고 했었으니까. 타락체를 내보내는 데 꽤 많은 자원을 소모하는 것 같은데, 그래도 게이트 브레이크를 일으켜서 다수의 인간을 죽일 수 있다면 남는 장사라는 거겠지."

그 말에 휴고가 혀를 차며 물었다.

"짜증 나네. 아, 지금까지 나온 타락체 중에 타이베이에서 싸운 그 여자를 제외하면 네가 아는 놈은 없었던 거지?"

"없었지."

"네가 얼굴을 아는 타락체가 몇이나 되는 거야? 죽지 않은 놈 중에서."

"생사를 모르는 놈들까지 합치면 열다섯. 전부 살아 있을 것 같지는 않지만……."

하지만 이비연이 살아 있는 시점에서, 전원이 살아 있다고 해도 이상할 것은 없었다.

"그중에 인간도 있나? 그러니까 암석인이나 상아인 말고 지구인."

"다섯 명."

"혹시 그 다섯 명은 전부 그 여자와 같은 수준인가?"

"……."

용우는 잠시 입을 다물었다.

하지만 모두가 대답을 기다리는 시선으로 자신을 바라보자 한숨 섞인 목소리로 말했다.

"그렇진 않아."

"듣기 싫은 질문이라는 건 알겠는데……."

휴고는 내키지 않는다는 표정을 지으며 말했다.

"그래도 그 이비연이라는 타락체에 대해서는 우리도 알아 둘 필요가 있을 것 같은데?"

그러자 용우가 진지한 표정으로 휴고를 노려보았다.

"이비연과 만나면 싸울 생각을 하지 마. 보는 순간 알리고 도망쳐. 블링크나 텔레포트는 카운터를 맞을 가능성이 높으니까 다른 이동 스펠을 쓰는 게 나을 거야. 연속 도약이라거나."

"브리짓과 프리앙카가 둘이 붙어서 상대도 안 됐다고 하니까 위험하다는 건 알겠는데……."

휴고는 그렇게 말하며 슬쩍 브리짓의 눈치를 보았다. 브리짓의 심기가 눈에 띄게 불편해지는 것을 알아차렸기 때문이다.

'미안해, 브리짓…….'

하지만 브리짓의 기분을 배려하느라 중요한 정보를 빼먹을 수는 없었다.

"그래도 네가 빙설의 창 하나만 들고 막았다면서? 그럼 전력을 다하면 승산이 충분한 거 아닌가?"

용우는 이비연과의 전투에서 끝내 전력을 다하지 않았다.

그런 상태로 끝까지 버텨냈으니 하스라 코어로 융합시킨 성좌의 무기를 쓴다면 충분히 쓰러뜨릴 수 있지 않을까? 게다가 그 후로 프리앙카에게서 불꽃의 활을 넘겨받고, 허우룽카이에게서 굉음의 도끼를 강탈하지 않았던가?

용우가 고개를 저었다.

"전력을 다하지 않은 건 서로 마찬가지야."

"뭐? 진짜야?"

브리짓이 팀 섀도우리스에 제출한 전투 기록 보고서만 봐도 이비연의 전투 능력은 불가해한 수준이었다. 헌터들이 맞서 싸울 때의 난이도는 70미터급 게이트에서 강림했던 하스라 이상, 즉 9등급 몬스터 이상일 것이다.

그런데 그게 전력이 아니었단 말인가?

"이비연이 전력을 다했으면 내가 전력을 감추고 있을 수가 없었어. 그랬다가는 거기서 죽었지."

용우와 싸울 때의 이비연은 명백히 힘을 억제하고 있었다.

"아마 이비연의 의식이 표층으로 떠올랐기 때문에 가능한 일이었겠지."

용우와 만남으로써 내면에 깊숙이 잠들어 있던 인간 이비연의 의식이 나타났다.

그 의식은 육체를 완전히 지배하지는 못했지만, 그래도 분명히 큰 영향을 끼치고 있었다.

"안 그랬으면 일단 그 싸움에서 브리짓부터 죽었을걸."

"……"

브리짓의 안색이 굳었다.

하지만 그녀는 용우의 말을 긍정할 수밖에 없었다.

그 싸움에서 이비연은 용우를 상대하면서도 여유가 넘쳤다. 하려고 했다면 용우를 지원하던 브리짓부터 처치할 수도 있었을 것이다. 그런데도 전혀 브리짓에게 관심을 보이지 않았다.

용우가 말했다.

"추측해 보자면… 아마도 타락체로서의 자신을 설득할 만한 이유가 존재했던 게 아닐까?"

타락체가 지구에 강림해서 활동하는 것은 군단이 수집한 영혼을 소모하는 행위였다. 타락체가 힘을 쓰면 쓸수록 활동 시간이 짧아진다.

그렇다면 그 활동 시간을 관리하기 위해 힘을 제한하는 것은 타락체로서의 자신을 설득할 이유가 될 수 있으리라.

"타락체가 된 시점을 기준으로, 이비연은 어비스를 통틀어서 세 손가락에 들어가는 강자였어. 당시의 나는 그녀를 이길 수 없었지."

이비연이 타락체가 된 것은 어비스 종말까지 불과 15일이 남은 시점이었다.

용우가 마지막까지 본 어비스의 각성자들 중에서도 그녀만 한 강자는 손에 꼽을 정도밖에 없었다.

휴고가 어이없다는 듯 용우를 보다가 물었다.

"아니, 그럼 넌 대체 무슨 생각으로 전력을 숨기고 싸운 건데? 그거 완전 뒈지고 싶어서 환장한 짓 아니냐?"

"네가 상식적인 소리를 하다니… 왠지 마음이 아프군. 처음부터 그렇게 상식적이었으면 좋았을 텐데."

"뭐야?"

휴고가 발끈하자 용우가 코웃음을 치고는 말했다.

"그녀의 전력을 가늠할 수가 없어서였어."

"가늠할 수가 없다니?"

"전에도 말했다시피 타락체의 전투 능력은 인간일 때와 다르지 않아. 하지만 시간이 지나도 그럴까? 그걸 알 수가 없었거든."

이비연이 타락체가 된 후로 13년이 흘렀다. 그동안 그녀가 얼마나 변했을지 예측할 수가 없었다.

"갖고 있던 검만 해도 평범한 검인지 아닌지 알 수 없었고."

이비연이 입은 교복은 어비스에서는 너덜너덜했지만 타이베이에서 봤을 때는 새로 만들어진 것처럼 깔끔했다.

그리고 그녀가 차고 있던 서양식 장검은 어비스에서는 본 적 없는 것이었다.

차준혁이 물었다.

"그럼 그 여자는 타락체 중에서는 어느 정도 수준이지?"

"이비연보다 강한 타락체가 있을지 모르겠는데? 내가 아는 한으로는 없어."

"……"

그 말에 다들 할 말을 잃었다.

용우의 말은 즉, 이비연이야말로 최강의 타락체란 소리 아닌가?

"하지만 그 라지알이라는 놈도 꽤나 위험해 보였고, 내가 모르는 놈들이 얼마나 있는지 모르니 단정 짓지 않는 게 좋겠지."

어비스에서 모습을 드러냈던 타락체와 언데드는 군단 전체의 규모에 비하면 극히 일부에 불과하다. 그것만은 분명했다.

"어쨌든 타락체가 나타나는 건 우리가 얼마나 빨리 감지할 수 있느냐가 문제군. 이번에는 두 곳이었지만 그 이상으로 동시다발적으로 투입되면 그것도 문제고……."

"놈들을 처치해서 게이트 브레이크를 막아낸다고 하더라도, 게이트에 진입했던 헌터들이 죽어간다면 이겼다고 볼 수 없습니다."

"그렇지."

각성자 헌터는 희귀한 전력이다. 타락체가 그들을 죽여대는 것만으로도 인류는 심각한 타격을 입는다.

"하지만 이쪽은 돌입할 때 조건이 까다로운 게 문제입니다. 빙의를 하려면 각성자 헌터가 한 명은 죽어야 하고, 비축한 스페어는 그리 많지가……."

"아, 그러고 보니 거기에 대해서 말하는 걸 잊고 있었군."

용우가 브리짓에게 말했다.

"빙의는 이제 그만둬."

"네?"

"꼭 계속하겠다면 어쩔 수 없지만… 그만두길 권고하지."

"이유를 들을 수 있겠습니까?"

브리짓이 설명을 요구했다.

구세록의 계약자들에게 있어서 각성자들의 시신에 빙의해서 싸우는 것은 당연한 선택이었다.

그들이 무적이 아니라는 것은 이미 여러 차례 증명되어 온 바였다. 그렇다면 사망 리스크를 최소화할 수 있는 선택을 하는 게 당연하지 않은가?

물론 죽음을 유사 체험 할 때마다 정신이 망가져 가긴 하지만, 그래도 죽는 것보다는 낫다.

용우는 설명하기 전에 차준혁을 보며 말했다.

"차준혁, 너는 왜 빙의를 쓰지 않지?"

"선생님이 정말 어쩔 수 없는 상황이 아니라면 하지 말라고 하셨으니까."

"다니엘 윤이 그렇게 말했다고요?"

브리짓이 깜짝 놀라자 차준혁이 고개를 끄덕였다.

"그분의 유언이었다."

다니엘 윤은 차준혁에게 남긴 유언장에서 빙의에 대해서 언급하고 있었던 것이다.

"빙의는 분명 유용한 수단이고, 선생님 입장에서도 피할 수 없는 선택이었지."

다니엘 윤을 포함한 구세록의 계약자 1세대에게 있어서 빙의는 필수적이었다. 그들 말고는 대안이 없었으니까.

하지만 지금은 다르다.

지금은 용우라는 대안이 존재한다.

"하지만 선생님은 말씀하셨다. 한번 빙의할 때마다 무언가에 사로잡히는 기분이었다고. 그건 정신적으로 괴로운 것과는 별개의… 마치 저주라도 받는 것 같은 기분이었다고 하시더군."

구세록의 계약자들도 멍청한 이들이 아니었다. 다니엘 윤만이 아니라 모두들 일찌감치 구세록의 계약이 무엇인지, 그 정체를 의심하고 있었다.

그러나 그들에게는 다른 길이 없었다. 그들은 절망적인 가정을 부정하고 애써 희망이 있다고 믿으며 그 길을 걸을 수밖에 없었다.

"그리고 지금은 내가 죽어도 나를 대신할 사람도 있으니까."

"그런 일이 없길 바라지만."

어깨를 으쓱한 용우가 브리짓에게 말했다.

"죽음의 리스크를 지는 게 쉬운 일이 아니라는 건 알아. 하지만 그 리스크를 질 수 없다면, 너는 휴고 스미스와 자리를 바꾸는 게 나을 거야."

"……."

그 말은 브리짓의 가슴에 통렬하게 꽂혔다.

휴고가 발끈했다.

"야! 아무리 그래도 해도 될 말이 있고 안 될 말이 있어!"

"…아냐, 휴고."

브리짓이 휴고의 어깨를 잡고 그를 말렸다.

"나도 죽 생각해 왔던 문제니까."

브리짓은 뛰어난 전투 능력의 소유자였다.

성좌의 힘을 제외하고 각성자로서의 전투 능력만 따져 봐도 분명 일류급이다.

하지만 그녀보다 한 세대 늦게 각성자가 된 휴고는 그야말로 천재였다. 헌터 업계에서 세계 최고를 논할 수 있을 정도로.

서용우가 나타나기 전이었다면, 그래서 기존의 상식이 통용되던 때였다면 이런 고민은 필요가 없었다.

구세록의 계약자로서의 역할은 더 강해서 하는 것이 아니었으니까.

하지만 이제는 상황이 달라졌다. 구세록의 계약자들 또한 이제는 인류를 지키는 전력의 일부일 뿐이다. 그렇다면 전력으로서의 가치를 높여야 하지 않겠는가?

"어쨌든 일단 아티팩트 문제부터 해결하지. 놈들에게 우리를 상대할 수밖에 없도록 강요하고, 그러고 나면……."

용우가 일의 우선순위를 정리하고는 말했다.

"치팅한 게임을 즐기는 기분으로 노는 침략자 놈들에게 현실이 녹록지 않다는 걸 보여주자고."

3

세상이 뒤숭숭한 분위기에 휩싸인 가운데, 또다시 한 해가
끝나가고 있었다.

그런 때 팀 이그나이트의 CEO, 다니엘 윤은 전세기를 타고
일본 큐슈에 와 있었다.

"확실히 일본은 따뜻하군."

다니엘 윤이 중얼거렸다.

후쿠오카 국제공항에서 나오자 한창 혹한이 몰아치는 한국
보다 훨씬 따뜻한 공기가 반겨주었다.

그는 기다리고 있던 두 대의 차량 중에 한 대에 경호원들을
태우고, 자신은 다른 차량에 탔다.

"형."

그리고 운전석에 앉은 남자를 보며 말했다.

"오느라 수고했어."

한국 최고의 스트라이커로 불리는 헌터, 차준혁이 운전대
를 잡고 있었다.

하지만 지금의 그는 언론에 알려진 모습이 아니었다. 뿔테
안경에, 머리에는 긴 검은 머리칼의 가발까지 써서 변장하고
있었다.

"나야 고생이랄 게 없었지. 전세기 타고 왔는데. 형은 어떻게 온 거야?"

"텔레포트로."

"…아, 그랬으면 내가 고생한 게 맞긴 하군."

다니엘 윤, 정확히는 다니엘 윤의 대역이 쿡쿡 웃었다.

그의 정체는 행방불명 처리된 차준혁의 동생이었다.

은혜를 갚기 위해 다니엘 윤의 대역으로 살아갈 것을 결정했고, 다니엘 윤이 죽은 후에는 팀 이그나이트 CEO로서의 역할을 문제없이 수행해 내고 있었다.

차준혁은 운전을 자율 주행 모드로 바꾸고 물었다.

"일본 정부하고 협상은?"

"제로가 준 재료 덕분에 잘 처리했어. 흑막이 없는 동네다 보니까 일이 편했지."

일본의 구세록의 계약자, 사다모토 아키라는 정치에도, 권력에도 관심이 없다.

정부 입장에서 보면 문화를 검열하고 탄압하고자 하는 움직임만 보이지 않으면 그를 무서워할 이유가 없다.

행동 원리가 명확히 밝혀져 있으며, 그가 일본의 헌터 전력이 감당할 수 없는 게이트 재해를 막아온 일본의 수호신이라는 것에는 이견의 여지가 없기 때문이다.

"아직 확정은 아니지만 나고야 수복 작전에 참가해 달라고 할 것 같아."

"그래도 도쿄를 수복해 달라고 하진 않는군."

"그쪽은 작전 규모의 차원이 달라지니까. 하지만 정말 사다모토 아키라가 개입하지 않을까?"

"캡틴은 문제없을 거라고 했어. 아티팩트는 그의 관심사가 아닐 거라고."

차준혁과 다니엘 윤이 일본에 온 이유는 일본인 각성자가 보유한 아티팩트를 얻기 위해서였다.

아티팩트 광휘의 검.

차준혁이 가진 성좌의 무기의 마이너 카피라고 할 수 있는 아티팩트가 일본인 각성자의 손에 있었던 것이다.

서용우가 차준혁에게 그것을 손에 넣으라고 한 이유는 모른다. 하지만 타이베이 게이트 브레이크 사태에서 드러난 것처럼, 적들이 아티팩트를 노릴 가능성이 있다는 것만으로도 그렇게 할 이유는 충분했다.

차준혁이 말했다.

"그리고 사다모토 아키라가 개입해 오면 알아서 두들겨 패 주라고 하더군."

"하하하. 제로답군."

유쾌하게 웃은 다니엘 윤이 물었다.

"하지만 형, 그를 얼마나 믿을 수 있을까?"

"믿는 것밖에 방법이 없어. 그 말고는 아무도 답을 갖고 있지 않아."

"……."

"나는 선생님의 눈을 믿어."

때때로 차준혁은 서용우를 보며 복잡한 기분에 사로잡힌
다.

더 이상 그를 원망하는 마음은 없다. 차준혁이 원망하는
것은 자기 자신이었으니까.

다니엘 윤이 괴로워할 때, 아무것도 하지 못한 스스로가 혐
오스러웠다. 서용우를 보고 있노라면 그때의 기분이 떠올라
서 괴로워질 때가 있었다.

'하지만 그건 마땅히 안고 가야 하는 것이지.'

아마도 평생 동안 이 기분에서 벗어나지 못할 것이다. 차준
혁은 그렇게 생각하며 쓴웃음을 지었다.

*   *   *

미국 최정상급 헌터 팀, 가디언즈 윙의 지하에는 거대한 비
밀 시설이 존재하고 있었다.

미국 정부의 협력을 받아서 건설된 그 공간은 최첨단 연구
소이며, 또한 각성자 훈련소이기도 했다.

오랜만에 그곳을 찾은 브리짓 카르타는 아무도 없는 캄캄
한 복도를 걷고 있었다.

지이이잉…….

그녀가 걸어가는 동안 수십 가지 방식의 스캔이 이뤄지면서 조명이 점등되고, 보이는 풍경이 변하기 시작했다.

홀로그램을 이용한 시큐리티 시스템이 해제되고 복도의 진짜 모습이 드러난 것이다.

"휴고."

브리짓 카르타는 새하얀 복도의 끝에 위치한 거대한 공간에 들어섰다.

지름 400미터의 거대한 돔 형태로 건축된 이 지하 공간은 벽면 전체가 몬스터의 시신으로부터 얻은 특수 소재로 코팅되어 있었다.

건설 당시가 아니라 먼 미래에, 당시의 최고 수준의 헌터들보다도 훨씬 강력한 헌터들이 날뛰어도 버틸 수 있도록 만들어진 시설이다.

그 한복판에 휴고 스미스가 있었다.

"어, 브리짓."

근육이 불끈불끈한 상반신을 드러낸 채로 주저앉아 있던 휴고가 반색하며 일어났다.

브리짓이 눈살을 찌푸리며 물었다.

"옷은 왜 벗고 있는 거야?"

"힘 좀 주면 티셔츠가 자꾸 찢어져. 그래서 훈련할 때는 그냥 벗고 하려고."

휴고가 근육을 불끈불끈하며 포즈를 취하자 브리짓은 못

볼 걸 봤다는 표정을 지어주었다.

"아티팩트는 어때?"

"최고야."

휴고가 씩 웃었다.

파지지지직…….

그의 오른팔에 휘감겨 있는, 청백색을 띤 금속 사슬이 전광을 발하기 시작했다.

아티팩트 뇌전의 사슬이었다.

브리짓은 서용우의 권유에 따라서 본래 아티팩트 뇌전의 사슬을 보유하고 있던 호주의 7세대 각성자와 협상했다.

그 과정에서 호주 정부의 요구를 이것저것 들어줘야 했지만, 어쨌든 결과적으로 아티팩트 뇌전의 사슬을 휴고에게 줄 수 있었으니 큰 이익을 거둔 셈이었다.

"다음번에 그놈들을 만나면 아주 박살을 내주겠어."

휴고는 타이베이에서의 일을 떠올리며 사납게 웃었다.

그때는 정말 굴욕적이었다. 차준혁을 보조하는 것 말고는 할 수 있는 게 없었으니까.

물론 팀의 일원으로서 자기 몫을 해내는 것을 굴욕적으로 여기는 것도 좀 이상할지도 모른다. 하지만 휴고는 목숨을 건 싸움 속에서 자신이 주인공이길 바랐다.

브리짓이 잠시 망설이다가 물었다.

"하지만 정말 괜찮았어? 제로의 말대로 역시 네가 구세록의 계약자 자리를 계승하는 게……."

"브리짓."

휴고가 단호하게 그녀의 말을 잘랐다.

"그럴 필요 없어. 이미 대안이 내 손에 쥐어졌잖아."

"그 대안이 최선은 아니라고 생각해."

"나한테는 충분해. 난 천재잖아. 약간 부족한 게 있어야 더
불타오른다고."

브리짓은 휴고에게 성좌의 무기 뇌전의 사슬을 넘겨주려고
했다. 하지만 휴고는 그것을 거부하고는 씩 웃었다.

"그리고 난 계약자가 되면 별로 그 역할을 잘할 자신이 없
어. 그런 건 역시 네가 해야지. 넌 정말 능력 있는 사람이라
고."

"…난 말할 만큼 말했어. 걷어찬 건 너야."

"그래그래. 근데 브리짓, 혹시 부끄러워하는 거야?"

"아니야."

"근데 왜 눈을 피하는 건데?"

"네 몸이 징그러워서 그래."

"이제 와서? 그리고 어디가 징그럽다는 거야. 나 헬스 잡지
모델도 했었다고."

휴고가 근육을 불끈거리며 말하자 브리짓이 그의 팔뚝을
찰싹 때리고는 말했다.

"훈련이나 시작하자. 나 시간 별로 없어."

살짝 얼굴을 붉히고 시선을 피하는 그녀를 보면서 휴고는 흐뭇하게 웃었다.

　"좋아. 해보자고. 어제하고는 또 다를 거야."

　휴고가 의욕 넘치는 모습을 보이자 브리짓이 손을 들었다.

　쫘르르릉……!

　그리고 눈부신 전광이 직경 400미터의 돔 공간을 뒤흔들기 시작했다.

＊　　　＊　　　＊

　2028년이 끝나고, 2029년이 시작되었다.

　자정이 다 되어가는 시간, 용우는 어질러진 집을 정리하고 있었다.

　"하루가 순식간에 갔네."

　한바탕 청소기를 돌린 우희가 웃으며 말했다.

　"그러게. 정신없었어."

　용우도 피식 웃었다.

　오늘은 사람들을 집으로 초대해서 신년회를 열었다.

　작년에는 남매 둘이서만 조용히 보냈었다. 하지만 우희가 올해는 리사도 있고 용우도 지인들이 생겼으니 다 같이 놀고 싶다고 해서 신년회를 기획한 것이다.

용우는 유현애와 이미나, 차준혁, 김은혜, 경호원인 김경숙까지 초대했다. 용우나 차준혁처럼 파티 분위기하고는 어울리지 않는 사람들도 있었지만 유현애처럼 활달한 사람들이 있어서 즐거운 시간을 보낼 수 있었다.

　"재미있었어."

　용우는 빈 그릇들을 주방으로 가져가며 말했다.

　크리스마스 파티는 어디까지나 우희가 하고 싶어서 한 것일 뿐, 용우는 내심으로는 귀찮다고 생각하고 있었다.

　하지만 사람들을 잔뜩 불러서 노는 시간은 용우에게도 신선한 즐거움을 주었다. 생각해 보면 지구로 돌아온 후로 한 번도 그런 적이 없었던 것이다.

　'나쁘지 않아.'

　어비스에 끌려가기 전에는 친구들과 모여서 놀거나, 대학의 과 학우들끼리 모여서 노는 일도 잦았다.

　하지만 지금의 용우에게는 그런 기억들이 너무 멀고도 아득하게만 느껴졌다. 어비스에서 보낸 시간은 불과 3년이었지만, 그곳에서 용우는 일반적인 감성을 잃어버리고 말았다.

　그렇기에 오늘의 경험은 놀랍기까지 했다. 자신이 사람들과 떠들썩하게 웃고 떠드는 시간에 즐거워할 수 있다는 사실이.

　'이런 것도… 나쁘지 않아.'

　용우는 리사와 함께 설거지를 하면서 미소 지었다.

　편하게 대할 수 있는 사람들과 떠들썩하게 놀고 나서 뒷정리를 하는 기분은 생각지도 못한 행복감을 주었다. 어비스에서는 절대로 할 수 없었던 경험이었다.

문득 용우가 리사에게 물었다.

"리사, 재밌었어?"

"네."

리사가 활짝 웃었다.

"전 이렇게 모여서 노는 게 생전 처음이라서 너무 좋았어요. 자주 모였으면 좋겠어요."

"……"

보이시하고 어려 보이는 외모 때문에 종종 용우도 헷갈리고는 하지만, 리사는 올해로 23세가 된 성인이다.

그런 그녀가 사람들과 모여서 떠들썩하게 노는 일이 처음이었다고 하는 것은, 어떤 의미일까.

"오늘 한 1년 치는 떠든 거 아니야?"

용우는 지금까지 그래왔듯이 이번에도 리사의 과거를 캐묻지 않았다. 리사는 팬텀에서의 괴로운 시간을 이야기할지언정 그 전에 어떻게 살았는지를 언급하기를 꺼렸기 때문이다.

언젠가 리사가 말하고 싶어지는 때가 온다면, 그때는 조용히 들어줄 것이다. 그런 날이 오지 않는다면 영영 몰라도 괜찮다.

"그러게요. 현애하고 있으면 말을 하게 되는 것 같아요."

"걔는 확실히 사람을 말하게 만드는 재주가 있지."

"좋은 애예요."

부끄러운 듯 웃는 리사는 평범한 소녀처럼 보였다.

리사는 사교성 없기로는 용우와 필적하는 수준이었다.

하지만 오늘은 평소의 모습을 생각하면 믿어지지 않을 정도로 많이 웃고, 말도 많이 했다. 어디까지나 리사의 평소 모습에 비해 그렇다는 것이고 파티에 모인 사람들 중에서는 차준혁 다음으로 말수가 적기는 했지만.

"다음에 같이 옷 사러 가자고 그래서 그러자고 했어요. 가도 돼요?"

"물론이지. 그런 일을 나한테 허락받을 필요는 없어."

"하지만 훈련 스케줄도 있고……."

리사는 여전히 용우가 고용한 사람들에게 이런저런 훈련을 받고 있었다. 실전에 투입된 후로는 훈련 스케줄이 많이 줄어들었지만, 그래도 아직 배울 게 많았다.

"그거야 스케줄을 조정하면 되잖아. 약속 정해지면 언제인지 말해주기만 해."

"네."

리사가 살짝 얼굴을 붉히며 고개를 끄덕였다.

"리사."

문득 용우가 그녀를 바라보며 말했다.

"넌 지금까지 참 잘해줬어."

조금 전까지와는 다른 분위기를 느꼈기 때문일까? 리사가 가만히 용우의 말을 기다렸다.

"내가 요구하는 걸 다 해냈고, 복수도 해냈지. 그러니까 이제는……."

"제가 싸우지 않으면, 선생님은 곤란하지 않나요?"

리사가 용우의 말을 자르며 물었다. 늘 용우를 예의 바르게 대하는 그녀로서는 드문 일이었다.

"괜찮아."

"거짓말이죠?"

용우는 주저하는 기색 없이 대답했다. 하지만 리사 역시 다 안다는 표정으로 찌르고 들어왔다.

"언니가 부탁한 거죠?"

"아니라고는 말하지 않겠지만……."

용우가 쓴웃음을 지었다.

우희가 용우에게 부탁한 것은 사실이었다. 그녀는 리사가 목숨을 걸고 싸우는 현실을 안타까워했으니까.

"그것 때문만은 아니야."

하지만 리사에게 그만 싸워도 된다고 말한 것은 용우의 진심이기도 했다.

용우는 리사에게 자신을 대입해서 보고 있었다.

리사의 상처, 리사가 품은 증오…….

그녀를 보고 있노라면 종종 거울을 보고 있는 것 같은 착각이 들 때가 있었다.

"너는 이제 괜찮잖아."

하지만 리사는 복수를 이루었다. 가슴속을 새카맣게 물들였던 감정을 분출하고, 그 너머를 걷고 있었다.

용우가 리사를 팬텀의 손아귀에서 구출해 낸 지도 어느덧 8개월.

길다면 길고, 짧다면 짧은 시간이었다.

하지만 그 시간 동안 리사는 변했다. 만났을 당시를 떠올리기 힘들 정도로.

용우, 우희 남매와 함께 살면서 리사는 웃고 떠들 수 있는 사람이 되었다.

그리고 복수를 이룬 뒤에는 두 사람이 아닌 다른 사람의 눈을 보면서도 웃을 수 있는 사람이 되었다.

강박에 사로 잡혀서 자신을 밀어붙이던 위태위태함은 사라졌다. 복수를 마친 그녀에게는 홀가분함이 느껴졌다.

이제 그녀는 괜찮을 것이다.

더 이상 위험에 스스로를 내던지지 않고 자신의 삶을 살아갈 수 있을 것이다.

용우는 그런 확신이 드는 것이 쓸쓸하면서도 기뻤다.

하지만 리사는 고개를 저었다.

"선생님, 전 무서워요."

"뭐가?"

"세계가 언제든지 무너질 수 있다는 게 무서워요."

"……."

"때때로 이상한 추락감에 사로잡힐 때가 있어요. 악몽을 꾸는 것처럼."

평온한 일상, 아무것도 문제 없는 시간을 보내다가 불현듯 극도의 불안감에 사로잡혀서 덜덜 떨고 있는 자신을 발견하게 된다.

아무것도 몰랐다면 좋았을 것이다. 무지한 채로 복수를 이뤘음에 만족할 수 있었다면, 그랬다면 용우가 말하는 대로 평범하게 살아갈 수 있었으리라.

"이제는 아는 걸요."

이 세계는 살얼음판 위를 걷는 것처럼 위태위태한 상황이라는 것을.

"알아버린 이상 포기할 수 없어요."

용우의 계획이 성공하려면 자신이 필요하다. 리사는 그 사실을 본능적으로 알고 있었다.

"전에도 말했잖아요. 선생님을 위해서라면 뭐든지 할 거예요. 그리고 분명 그게 저를 위한 길이기도 하겠죠."

"죽을 수도 있어. 굳이 더 이상 그런 위험을 무릅쓸 필요가 있을까?"

"이제 와서 그런 말씀을 하세요?"

자신을 빤히 바라보는 리사의 말에 용우는 대답할 말을 떠올리지 못했다.

"무엇보다 저는 그 시간에 의미가 있었다고 믿고 싶어요."

용우는 그 시간이 무슨 시간이냐고 묻지 않았다.

리사가 팬텀의 실험체였던 시절을 이야기하고 있음을 알았으니까.

"그 사람들이 아무런 의미도 없이 죽어갔다고 믿고 싶지 않아요. 저한테 뭔가를 남겨줬다고, 그렇게 받은 걸로 뭔가를 해낼 수 있다고 믿고 싶어요."

"무언가라……."

"그게 뭔지는 아마 평생 말로 표현할 수 없을 것 같지만요."

리사는 그렇게 말하며 웃었다.

분명 이전과는 다른 그 웃음을 보면서 용우는 가슴 한구석이 아파왔다. 하지만 그 이유가 무엇인지는 스스로도 알 수 없었다.

Chapter38

사냥꾼은 누구인가?

1

사다모토 아키라는 오사카의 조용한 골목을 걷고 있었다.

겉으로 보기에 그는 특별한 구석이라고는 아무것도 없는 남자처럼 보였다. 몸은 약간 말랐고 얼굴은 평범했다. 인상에 남는 점이라면 머리가 부스스하고 면도를 하지 않아서 지저분해 보인다는 정도였다.

하지만 그는 특별한 존재였다.

사다모토 아키라의 본거지가 어디인지 아는 사람은 아무도 없다.

애비게일 카르타가 미국의 정보망을 총동원했는데도 그의 본거지를 특정하지 못했다.

심지어 그는 딱히 스스로를 감추고 살지 않는데도 그랬다. 그는 은퇴한 만화가라는 신분을 숨기지 않았고, 가끔 구독자들의 리퀘스트에 응해서 실시간으로 그림을 그리는 개인 방송을 하는데도 미 정보부가 그의 위치를 특정하지 못한 것이다.

그럴 수 있었던 것은 그에게 주소상의 주거지가 존재하지 않기 때문이다.

사다모토 아키라는 문화에 대한 것을 제외하면 일본이라는 국가가 어떻게 굴러가는지 관심이 없다.

하지만 그렇다고 해서 그가 정말 아무런 권력도 행사하지 않느냐면 그건 절대 아니었다.

사다모토 아키라에게는 특정한 주거지가 없다. 대신 그에게는 일본 전역에 1,000개가 넘는 주거지가 존재한다.

현재 일본 정재계의 인물들이 그를 위해 마련하고, 관리하는 주거지였다.

그들 중 사다모토 아키라의 존재를 아는 자들은 불과 다섯 명.

하지만 그들과 연결된 수많은 인물들이 누구를 위한 것인지도 모르는 채로, 그 누군가가 언제든지 와서 쓸 수 있는 주거지를 자신의 명의로 준비하고 관리하고 있다.

사다모토 아키라는 그중에서 기분 내키는 대로 하나를 골라잡아서 사는 곳을 바꾼다. 그것도 어디에서 어디로 이동하는 흔적을 남기지 않고 텔레포트하면서.

"음……."

편의점에서 먹거리를 사서 돌아오던 그가 갑자기 비틀거렸다.

주택가의 벽에 기대어 주저앉은 그가 머리를 감싸 쥐고 신음했다.

"으윽……."

환각 증상이 그를 덮쳐오고 있었다.

극도의 불안 증세로 인해서 몸이 덜덜 떨리고, 기분이 안정되지 않는다. 비명과 원망의 소리가 저주처럼 귓가에 울리고, 당장에라도 몸이 갈가리 찢어질 것 같은 기분이 엄습해 왔다.

당장에라도 비명을 지르며 어딘가로 달아나고 싶다.

하지만 그는 비명을 지르지 않는다.

"하하하……."

대신 그는 눈물을 흘리며 웃는다.

그에게는 슬플 정도로 익숙한 일이었다. 지난 13년 동안 잠들 때마다 되풀이되어 온 악몽이 현실을 침범한 것뿐이다.

정말로 그뿐이었다.

죽은 아내와 딸의 목소리가 들린다.

그러나 그것이 진짜 두 사람의 목소리인지 모르겠다. 이제는 두 사람의 목소리가 어땠는지조차 잘 떠오르지 않는다.

지금 그에게 들려오는 것은 실제로는 들어보지도 못한 소리였다. 그의 죄책감과 상상력이 자아낸 두 사람의 비명과 살려달라는 애원, 그리고 왜 구해주지 않았냐는 원망의 말이 끊임없이 들려왔다.

퍼스트 카타스트로피가 일어났을 때, 사다모토 아키라는 한창 잡지 연재 마감을 위해 작업실에서 마무리 작업을 한 뒤였다.

꼬박 밤샘 작업을 하고 어시스턴트들을 돌려보낸 그는 작업실 한구석에 처박혀서 잠들어 있었다. 그가 깨어난 것은 몬스터들에 의한 파괴 행위가 작업실 주변까지 미쳤을 때였다.

깨어난 사다모토 아키라는 자신에게 거대한 권능이 허락되었음을 깨달았다. 구세록과의 계약으로 얻은 진정한 힘이, 새벽의 해머라는 형태로 주어진 것이다.

하지만 갓 권능을 얻은 그는 약하고 서툴렀다. 지금은 별것 아니라고 생각할 몬스터들을 악전고투 끝에 쓰러뜨릴 수 있었고, 당장 눈앞에 닥친 위협을 물리친 후에야 가족들에 대해 떠올렸다.

그리고 그때는 모든 것이 너무 늦어 있었다.

"……."

꺽꺽거리며 웃는 사다모토 아키라 앞에 한 사람이 서 있었다.

코트를 입고 후드를 눌러써서 얼굴이 보이지 않는 소년이었다.

"왜 계속 싸우는 거지, 당신은? 정말 이해를 못 하겠군."

그 물음에 사다모토 아키라가 웃음을 그쳤다. 그가 붉게 충혈된 눈으로 올려다보자 소년이 말했다.

"살아 있는 게 괴롭잖아? 숨 쉬며 살아 있는 시간 자체가 괴로우면서, 왜?"

"……."

"그림을 그리는 것조차도 기계적인 습관에 불과하면서……."

소년은 정말 이해할 수 없다는 듯 묻고 있었다.

"왜 포기하지 않는 거지?"

"…글쎄."

사다모토 아키라는 양팔을 끌어안은 채 덜덜 떨고 있었다. 잔인하게 진실을 관통하는 소년이 물음을 듣고, 생각에 잠기자 환각이 잦아들었다.

"모르겠군. 예전에도, 지금도……."

사다모토 아키라는 스스로가 단 한순간도 그 답을 알았던 적이 없음을 알고 있었다.

소년이 말했다.

"이유조차 모르면서 그 일을 계속하고 있나?"

"……."

"다 놔버려. 이젠 알았잖아. 당신은 더 이상 쓸모가 없다는 걸."

"그게 그 애가 원한 건가?"

사다모토 아키라의 물음에 소년이 잠시 침묵했다. 그리고 쓴웃음을 지으며 말했다.

"아니, 이 몸의 주인은 그저 약속을 지켜서 너를 죽여달라고 했을 뿐이야."

"곧 그 부탁을 들어주게 될 거다."

사다모토 아키라가 벽을 짚고 힘겹게 일어났다.

"…하지만 아직 확인해야 할 게 남았어."

그가 편의점 봉투를 들고 힘겹게 걷기 시작하는 모습을 지켜보던 소년은, 어느 순간 꺼지듯이 자취를 감추었다.

*   *   *

용우의 집에서 신년회를 치르고 이틀 후, 백원태가 집으로 찾아왔다.

"용우 씨도 신년회 같은 걸 하는군요."

"동생이 하고 싶어 해서요."

용우네 집에는 아기자기한 파티용 장식들이 다 치워지지 않고 남아 있었다.

이야기를 들은 백원태가 울상을 지었다.

"나도 좀 불러주지 그랬습니까."

"거 중년 아저씨가 젊은 사람들 노는 데 끼고 싶으십니까?"

"모여서 논 사람 사람들 평균 연령 생각하면 용우 씨도 딱히 다르지 않잖습니까?"

"그래도 전 아직 30대고 사장님은 40대입니다."

"어휴, 나이 먹은 사람 서러워서, 원."

투덜거린 백원태가 물었다.

"그런데 요즘은 뭐가 그렇게 바빴습니까? 얼굴 보기 힘들군요."

"미국이랑 독일에 좀 다녀왔습니다."

"해외 출국을 했었다고요?"

백원태가 놀랐다. 금시초문이었기 때문이다.

"정규 출입국 루트로 다녀온 건 아닙니다."

"무슨 일이었는지 물어봐도 됩니까?"

"아티팩트를 가지러 갔었습니다."

용우는 순순히 대답해 주었다.

하지만 백원태 입장에서는 전혀 이해할 수 없는 대답이었다.

"아티팩트를… 가지러?"

"앞으로의 일에 필요해서요. 아티팩트 보유자들과 거래했습니다."

"……."

백원태는 눈만 껌뻑거렸다. 용우가 하는 말이 너무 황당해서 따라갈 수가 없었다.

"미국과 독일의 아티팩트라면… 굉음의 도끼와 대지의 로드입니까?"

"예. 두 나라 모두 아티팩트 보유자의 헌터 활동을 금지시킨 상황이라 일이 쉬웠습니다."

한국 정부는 70미터급 게이트 제압 작전에서 알게 된 진실, 아티팩트가 군주 개체를 9등급 몬스터 수준으로 강림시키는 열쇠가 된다는 정보를 각국에 공유했다.

그래서 현재 전 세계적으로 아티팩트 보유자들은 헌터 활동을 금지당하고 정부에 감시받는 생활을 하는 중이었다.

그들과 교섭하기 위한 사전 작업은 애비게일 카르타가 처리해 주었다.

그래서 용우는 각국의 정부하고는 말 한 마디 나누지 않고 아티팩트 보유자 본인들만 만나면 되었다.

그들을 설득하는 것은 별로 어렵지 않았다. 얼마 전까지만 해도 인류의 미래를 짊어질 차세대 유망주로 대접받는 그들이었기에, 그런 상황에 대해서 다들 크나큰 불만을 안고 있었으니까.

유현애가 그랬듯 그들도 아티팩트를 타인에게 넘겨줄 수 있다는 사실에 큰 충격을 받았다.

용우가 아티팩트를 넘겨주면 몇 가지 유용한 스펠을 주고, 헌터 활동 금지를 풀어주겠다고 하자 둘 다 순순히 거래에 응했다.

독일의 아티팩트 보유자는 정부의 태도에 진저리가 났는지 가족 모두가 미국으로 이주하길 원했고, 이 또한 애비게일 카르타가 전폭적으로 지원해 주겠다고 약속했다.

백원태가 혀를 내둘렀다.

"…이제 용우 씨는 필요하면 미국도 마음대로 움직이는군요."

"도움이 많이 되고 있습니다."

용우가 어깨를 으쓱했다.

확실히 애비게일 카르타와 동맹을 맺은 것은 최고의 선택이었다.

백원태가 물었다.

"혹시 광휘의 검도 확보한 겁니까?"

"어떻게 아셨습니까?"

"일본 정부에서 재미있는 움직임이 있다는 정보를 입수했습니다."

아티팩트 광휘의 검을 손에 넣기 위해서는 일본 정부와 협상할 필요가 있었다.

애비게일 카르타가 협상의 자리를 마련해 주었고, 다니엘 윤의 대역이 일본 정부와 협상을 마쳤다. 구체적인 조건에 대해서는 김은혜가 처리할 것이다.

"그럼 이제 아티팩트 중에 남은 건 뇌전의 사슬입니까?"

"그것도 확보했습니다."

"벌써?"

"동시에 움직였으니까요. 일단 지구상에 존재하는 아티팩트는 전부 우리 팀이 확보했습니다."

일본에 있었던 아티팩트 광휘의 검은 차준혁이, 호주에 있었던 아티팩트 뇌전의 사슬은 휴고 스미스가 손에 넣었다.

"나머지는 다 제 손에 있고요."

"일단 적들에게 강탈당할 염려는 없겠군요."

"그것도 기간 한정입니다만."

올해 9월이면 8세대 각성자들이 탄생할 것이다.

아마도 그들을 통해서 또다시 일곱 개의 아티팩트가 나타날 터.

"그때가 되면 그들이 돌아오자마자 아티팩트를 양도받을 수 있도록 진행해야겠죠."

"재작년에는 아티팩트가 이런 취급을 받게 될 거라고는 상상도 못 했는데 말입니다."

백원태가 쓴웃음을 지었다.

7세대 각성자들이 아티팩트를 들고 왔을 때만 해도, 다들 그것을 인류를 위한 새로운 희망으로 여겼다.

하지만 지금은 어디다 갖다 버릴 수도 없는 폭탄 취급이다.

백원태가 물었다.

"그런데 아티팩트를 수집한 이유는 적에게 빼앗기지 않기 위해서, 그것 하나뿐입니까?"

"물론 아닙니다."

용우가 나쁜 꿍꿍이속을 품은 것처럼 웃었다.

"이걸로 놈들과의 싸움이 새로운 국면에 들어갈 겁니다."

*   *   *

한국 게이트 재해 연구소는 수많은 연구 프로젝트들을 진행하고 있었다.

그 프로젝트들 중에 기한이 짧은 것들은 거의 없다. 아무리 짧아도 2년 정도로 기한이 설정되어 있었다.

하지만 한 가지 프로젝트만은 달랐다.

마력학의 한국 최고 권위자, 권희수 박사가 전력으로 매달린 그 프로젝트는 최대한 빨리 성과를 내는 것을 목표로 하고 있었다.

"미국하고 협력하게 해준 건 고마워요. 공동 연구를 하니까 확실히 진행이 빠르더라구요."

용우를 부른 권희수 박사가 어깨를 으쓱했다.

작년 하반기부터 권희수 박사가 특별히 꾸린 연구 팀이 미국에서 파견된 연구진과 공동 연구를 진행했다.

권희수 박사와 함께 세계 마력학 최고 권위자 중에 하나로 불리는 인물, 마력반응 탄두와 마력반응 코팅을 만들어낸 미국의 닥터 브래드가 연구원들을 이끌고 한국 게이트 재해 연구소로 왔던 것이다.

닥터 브래드는 미국 정부 측에서 미국 밖으로 출국하는 것 자체를 불편해할 정도로 중요하게 여기는 인물이다.

그런 그가 연구를 위해 한국으로 찾아올 수 있었던 것은 애비게일 카르타가 힘을 써준 덕분이었다.

"덕분에 예정보다 빨리 시제품을 완성할 수 있었어요."

권희수가 용우에게 보여준 것은 헌터 슈트의 목 보호대였다. 그 한복판을 가로지르는 띠가 파르스름한 빛을 발하고 있는데, 이것은 M수트 여기저기를 가로지르는 선과 같은 느낌을 주었다.

"왜 목 보호대로 만든 겁니까?"

"텔레파시를 차단해야 하는 핵심 부위는 머리니까요. 참고로 헬멧도 만들었어요. 둘 모두를 장비하면 상승효과가 나는 구조예요."

이 목 보호대는 바로 정신 공격을 차단하기 위한 장비 시제품이었다.

"테스트는 끝난 겁니까?"

"목 보호대만 착용하면 30분 작동을 기준으로 봤을 때, 마력이 페이즈6인 각성자의 텔레파시 능력을 완벽하게 차단해요."

"헬멧까지 차면?"

"그럼 마력이 페이즈10인 각성자의 텔레파시까지도 막을 수 있어요."

"훌륭하군요."

용우는 진심으로 감탄했다.

권희수가 텔레파시 대응책 연구에 들어간 것은 지난 8월 초의 일이다.

그로부터 고작 5개월이 지났을 뿐인데 벌써 이만한 결과를 낸 것이다.

"닥터 브래드가 없었으면 이렇게 빠르진 못했을 거예요. 둘이 힘을 합쳐보니 생각 이상으로 효율이 좋더라고요."

권희수가 어깨를 으쓱했다.

그녀와 닥터 브래드의 조합은 단순히 대단한 연구자 두 명의 조합이 아니다. 마력의 구조를 미세 영역까지 보고 컨트롤할 수 있는, 마력 연구에 있어서는 사기적인 특수 능력을 가진 두 명의 조합이다. 그렇기에 이렇게 단기간에 용우가 요구하는 결과물을 내놓을 수 있었던 것이다.

"셋이나 넷이 모이면 더 효율이 올라갈 것 같습니까?"

권희수는 용우의 물음에 담긴 뜻을 알아차렸다.

"흠, 글쎄요. 그건 장담 못 하겠는데요? 저랑 닥터 브래드는 죽이 잘 맞는 편이지만 다른 사람들은 그렇다는 보장이 없으니까."

"그렇군요. 이거, 양산까지는 얼마나 걸립니까?"

"좀 걸릴 것 같은데요. 일단 비용 문제가……."

"그건 걱정 안 해도 됩니다. 미국도 대량 구매해 줄 거고, 생산 라인 문제는 크로노스 그룹에 오늘 내로 사람을 보내라고 하겠습니다."

"와."

권희수가 입을 벌렸다.

"반해 버릴 뻔했어요. 세상에. 연구비는 걱정 말라는 말 이후로 가장 강렬하네요."

"반하지 마세요. 그럼 이만 가보겠습니다."

"아, 잠깐만요."

용우가 몸을 돌리려 하자 권희수가 그의 옷자락을 잡았다.

"보여줄 게 하나 더 남았어요."

"헬멧 시제품은 굳이 볼 필요가 없을 것 같습니다만."

"그거 말고요. 더 재밌는 거예요."

권희수는 우후후, 하고 악동 같은 미소를 지으며 용우를 한국 게이트 재해 연구소 지하 깊숙한 곳에 있는 비밀 공간으로 안내했다.

"놀랐죠?"

"……."

용우는 이번만큼은 그 말에 반박할 수 없었다.

정말 놀랐기 때문이다.

"…어떻게 한 겁니까?"

게이트에 강림했던 하스라를 쓰러뜨리는 과정에서 파괴되었던 아티팩트, 빙설의 창이 완벽하게 수리되어 있었다.

2

용우는 권희수 박사에게 부서진 아티팩트 빙설의 창을 주었다.

하지만 그녀가 그것을 수리하거나, 뭔가 큰 성과를 얻을 수 있으리라는 기대는 전혀 하지 않았다.

어차피 아티팩트는 앞으로 2년에 한 번, 7개씩 생산될 물건이다. 아티팩트 빙설의 창은 올해 탄생할 8세대 각성자들을 통해서 손에 넣으면 된다고 생각하고 있었다.

그런데 권희수는 아티팩트 빙설의 창을 수리하는 데 성공했다.

권희수가 말했다.

"지난번에 연구 협력해 줬을 때 있잖아요."

용우는 권희수와의 약속을 지켰다. 프리앙카에게서 계승한 불꽃의 활을 그녀가 연구할 수 있도록 해줬던 것이다.

아직 데이터가 많이 쌓이지는 않았다. 용우가 연구할 수 있도록 해준 시간을 전부 합쳐도 5시간 정도밖에 안 되었으니까.

하지만 권희수는 그 경험에서 아티팩트 빙설의 창을 수리할 수 있는 실마리를 찾아냈던 것이다.

"성좌의 무기와 아티팩트의 가장 큰 차이는 코어의 유무예요."

"코어? 몬스터의 에너지 코어처럼 말입니까?"

"네. 성좌의 무기에는 그런 코어가 없어요. 이건 제 추측이지만 성좌의 무기는 어지간한 손상으로는 기능이 망가지지 않을 거예요."

하지만 아티팩트에는 코어가 존재하고 있었고, 그 코어가 손상되면 망가진다.

"아티팩트 코어의 성질에 대한 연구 데이터는 충분했고요."

지속적으로 누적되어 온 불꽃의 활 연구 데이터가 있었기 때문이다.

"거기에 성좌의 무기의 데이터가 더해지니까 약간 감이 잡혔어요. 그걸로 코어를 복원한 거죠."

"……."

용우가 멀뚱멀뚱 권희수를 바라보았다.

"…뭔가 중간에 심하게 생략된 거 같습니다만?"

"그게 중요해요?"

"별로 안 중요합니다. 박사님이 아티팩트를 수리할 수 있다.

해냈다. 그걸로 충분하죠."

"중요하다고 말해줘야죠."

권희수가 멍한 표정 그대로 용우의 어깨를 팡팡 쳤다.

"사실 데이터는 참고하기에는 너무 빈약했고… 제가 직접 느낀 게 주효했어요."

"결국 설명하시는군요. 저 그냥 가면 안 됩니까?"

"이런 깜짝 선물도 해줬는데 당연히 끝까지 들어줘야죠."

"…알겠습니다."

용우는 어쩔 수 없다는 듯 팔짱을 끼고 그녀의 말을 경청했다.

권희수가 들뜬 목소리로 말했다.

"하지만 실험 때 제가 직접 느낀 게 있잖아요. 이게 제가 광휘의 검 계승 후보라서 그런지 더 민감하게 느껴졌는데……."

데이터는 부족했지만, 그녀는 스스로 체감한 경험으로부터 필요한 답을 구하는 데 성공했다.

"거기에 결정적인 퍼즐 조각이 또 하나, 팬텀의 연구 데이터였어요. 아니마에 대한 것."

"그게 말입니까?"

용우가 놀랐다.

엔조 모로와 허우룽카이를 죽이는 과정에서, 용우는 팬텀에 대한 모든 데이터를 손에 넣었다. 그중에는 당연히 그들이 금단의 인체 실험을 통해서 얻은 데이터도 있었다.

연구자가 아닌 용우에게 그 데이터는 아무런 가치가 없었다. 보고 이해할 만한 기반 지식이 없었으니까.

하지만 권희수 박사라면 다를 거라는 생각에 넘겨줬던 것인데…….

"아니마는 두 종류였지요."

권희수 박사가 살짝 상기된 얼굴로 손가락 두 개를 폈다.

"우리가 B타입이라고 명명한 아니마, 마약으로서의 아니마 데이터는 쓸모가 없었어요. 하지만 팬텀의 전투원들이 쓰던 A타입은 달랐죠."

용우는 팬텀을 궤멸시키는 과정에서 다량의 아니마를 수거해서 권희수에게 제공했다.

시중에 유통되지 않는 A타입 아니마를 대량 입수한 것은 권희수에게 큰 도움이 되었다.

"A타입은 중독성이 없었어요. 장복하다 보면 의존 증상이 생길 수 있을 것 같기는 하지만……."

A타입은 각성자가 쓸 경우 놀라운 효과를 발휘했다.

약효가 유지되는 동안에는 마력이 높아지고, 마력 컨트롤도 향상되었던 것이다.

"그동안 헌터들에게 투입되었던 각성제보다 효과가 월등한, 심지어 부작용도 거의 없는 각성제인 셈이에요. 아직 안전성 검사가 완전히 끝나지는 않았는데, 나중에는 실전 투입하는 것까지 고려하고 있어요."

"제가 수거해서 넘긴 게 대량이긴 하지만, 그 대부분은 B타입일 텐데… 복제가 가능한 겁니까?"

"정말 연구 데이터를 안 봤군요? 거기에 제조법도 나와 있어요."

팬텀의 연구 데이터, 그중에도 최고 등급의 기밀로 분류된 정보에 A타입 아니마의 제조법이 있었다.

"다만 이건 좀 이상해요."

"뭐가 말입니까?"

"A타입 아니마를 어떻게 만들었는지에 대한 연구 데이터가 전혀 존재하지 않아요. 전부 A타입을 재료로 써서 B타입을 만드는 과정에 대한 것뿐이에요."

확실히 그건 이상한 일이었다. 마치 어딘가에서 A타입 아니마를 만드는 기술만이 뚝 떨어진 것 같지 않은가?

"다른 제약 회사 같은 곳에서 만들었을 가능성은 없습니까?"

"그럴 수도 있죠. 하지만 이런 걸 만들어놓고 상품화를 안했을 리가 없다고 보는데요."

"하긴……."

안정성에 문제가 없다면 전투 소모품으로서는 마력 포션에 버금가는 베스트셀러가 될 약이지 않은가?

용우가 말했다.

"그건 짐작 가는 게 있습니다."

"정말요? 뭔데요?"

"아직 확실하지 않습니다. 확인해 보고 말하겠습니다."

"알겠어요. 그럼 하던 이야기로 돌아가서… A타입 아니마의 제조법은 좀 어이가 없거든요."

"어떤 면에서 그렇습니까?"

"통상적인 약 제조법으로는 제조가 불가능해요. 재료는 마력석만 있으면 되고요."

"음? 마력석으로 어떻게 약을 만듭니까?"

"그게 불가사의한 부분이죠. 각성자들을 데려다가 마력석에 마력을 일정한 패턴으로 공명시키면 아니마가 돼요. 지금으로서는 수공업으로만 제조가 가능한 셈이죠."

즉, 아니마는 마력석을 마력과 반응시켜서 형질을 바꾼 결과물이라는 뜻이었다.

권희수가 말했다.

"이건 한 방 먹은 기분이었어요. 진짜로 분하더라고요."

"뭐가 말입니까?"

"마력석 하면 사람들은 에너지원으로 인식하는 경우가 많아요. 하지만 기본적으로 그건 일종의 고차원적 정보체거든요. 그러니까 우리 차원에서 일으킬 수 있는 물리적 현상을 이용해서 이걸 다양하게 활용하는 게 가능한 거고요."

그리고 인류가 확립한 마력석 활용법은 간접적으로 마력석의 형질을 변화시키는 방법이었다.

그에 비해 A타입 아니마 제조법은 직접적으로 마력석을 가공해서 원하는 결과물을 뽑아내는 것이니 훨씬 고도의 기술인 것이다.

"엄청나게 어려운 문제를 풀고 있었는데, 조금씩 성과를 내면서 이제 고지가 보이기 시작한다고 생각했는데 갑자기 누군가 답안지를 던져준 기분인 거죠."

한숨을 쉰 권희수가 말했다.

"뭐, 덕분에 갈 길을 많이 단축하긴 했지만요. 아티팩트도 고칠 수 있었고."

권희수는 마력의 구조를 미세 영역까지 보고 컨트롤할 수 있는 특수 능력을 가졌다.

그녀는 그 능력을 이용, A타입 아니마를 실제로 제조해 봄으로써 마력석의 형질을 직접 바꾸는 방법을 터득하는 데 성공했다.

"그리고 성좌의 무기를 연구하면서 제가 체감으로 얻은 감각을 재현하는 것을 목표로 시행착오를 반복하다 보니 아티팩트 코어를 만드는 데 성공한 거죠."

일단 코어의 형질을 재현한 결과물을 아티팩트 빙설의 창에 장착하자 놀라운 일이 벌어졌다.

마력석을 일정 범위 안에 가져다놓는 것만으로도 아티팩트 코어가 그것을 흡수해서 기능을 복원하기 시작했던 것이다.

"……"

용우는 할 말을 잃고 권희수를 바라보았다.

'뭐, 이런 인간이 다 있어?'

용우 역시 마력석의 형질을 변화시킬 수 있다.

당장 그가 마력석을 연소시켜서 마력을 얻는 전투 자원으로 써먹는 것도, 마력석을 폭탄처럼 쓰는 것도 본질적으로는 같은 일이다. 그것 말고도 용우는 마음만 먹으면 마력석을 이용해서 다양한 현상을 일으킬 수 있었다.

하지만 권희수가 해낸 일은 용우가 마력석을 활용하는 수준을 아득히 뛰어넘고 있었다.

인류의 이해를 뛰어넘은 기술로 만들어진 아티팩트를, 본능적으로 이해하고 그 기능의 핵심이 되는 코어를 만들어내다니……

'이건 진짜… 천재로군.'

왜 그녀가 기존에는 존재하지 않았던 마력학이라는 학문의 기초 이론을, 완전히 맨땅에 헤딩하는 상황에서 단기간에 확립해 낼 수 있었는지 알겠다. 논리를 초월해서 해답을 찾아내는 괴물 같은 천재성의 소유자이기에 가능했던 것이다.

용우는 놀람을 감추지 못하고 물었다.

"혹시 아티팩트 그 자체를 복제하는 것도 가능합니까?"

"아, 그건 좀 힘들 것 같은데요. 시간이 꽤 걸리지 않을까요?"

"시간이 주어지면 가능하다는 겁니까?"

"아마도요."

"……"

용우는 할 말을 잃었다.

권희수가 은근히 물었다.

"해볼까요? 맡겨주면 제대로 해낼 자신 있는데."

"…아니, 아닙니다."

겨우 냉정함을 찾은 용우가 고개를 저었다.

"아티팩트는 많아져 봤자 좋을 게 없는 물건이니까요."

"아쉽네요."

정말 아쉬운 건지 아닌 건지 알 수 없는 얼굴로 말하는 권희수를 보면서, 용우는 한 가지 생각이 번뜩였다.

'이 사람이라면… 가능할지도 모르겠어.'

하지만 그는 그것을 곧바로 말하지 않고 생각에 잠겼다.

지금 인류에게 주어진 시간은 없다. 최대한 빨리 적들에 대한 대책을 완성하지 않으면 멸망하고 말 것이다.

이런 상황에서 과연 실현 가능할지 알 수 없는 일에 권희수라는 경이로운 인적 자원을 다른 일로 소모하는 게 옳은 일일까?

"……"

고민은 길지 않았다.

사람들이 이기적이라고 욕해도 좋다. 용우는 지금 뇌리를 스쳐 간 가능성을 놓치고 싶지 않았다.

"부탁하고 싶은 게 있습니다."

*   *   *

대만 타이베이에서 터진 게이트 브레이크의 충격에도 불구하고, 인류의 헌터 전력은 분명 상승 곡선을 그리고 있었다.

6세대 각성자들의 잠재력은 최고조로 꽃피고 있었고, 7세대 각성자들 역시 가파른 성장세를 자랑하고 있었으니까.

특히 전 세계에서 손꼽히는 헌터 선진국, 한국의 최정예 헌터들의 성장세는 상식적으로 이해할 수 없는 수준이었다.

팀 크로노스 1부대는 파주에서 50미터급 게이트 제압 작전을 수행하고 있었다.

50미터급 게이트 공략 시에 맞닥뜨릴 수 있는 최악의 가능성, 7등급 몬스터가 나타났지만 그들은 전혀 흐트러짐 없이 작전을 수행하고 있었다.

전원 각성자로만 이루어진 1부대 전투 요원들은 작년부터 서용우로부터 스펠 스톤을 공급받았다.

그 결과 전원이 체외 허공장을 보유했으며, 올라운더에 가까운 존재로 거듭났다.

아직 그들 부대에 7세대 각성자는 단 한 명도 합류하지 않았다. 하지만 1부대를 구성하는 5, 6세대들은 7세대의 잠재력을 부러워할 필요가 없는 전투 능력을 보여주고 있었다.

"나왔군."

부대장이 이를 악물었다.

"저게 타락체라는 놈인가?"

갑자기 출현한 상아인 타입의 타락체가 알파 분대를 공격하고 있었다.

[전원 방어에 전념하면서 후퇴해! 서포터들은 무인 병기로 두들겨 주고!]

[얼마 못 버팁니다. 저거 정체가 뭔지는 모르겠지만 마력이 7등급 몬스터 수준이에요!]

이런 사태를 처음 경험하는 서포터들의 목소리가 떨리고 있었다.

[상관없으니까 어떻게든 막아! 알파 분대, 조금만 버티면 된다!]

팀 크로노스 1부대는 백원태 사장에게 타락체의 존재를 미리 귀띔받아서 알고 있었다.

그리고 타락체가 출현했을 시의 대응책에 대해서도 미리 훈련을 해둔 터였다.

"잡병들 주제에 성가시군."

낡은 황동색 갑옷을 입고, 손에는 양손 대검을 든 상아인 타락체가 눈을 가늘게 떴다. 붉은 눈동자에 짜증이 가득했다.

알파 분대는 전원이 하나로 뭉쳐서 허공장과 방어막을 전개

하는 것으로 타락체의 공격을 막아내고 있었다.

콰쾅! 콰과과광!

그리고 무인 병기들이 다가와서 타락체를 공격하기 시작했다.

"하찮은 것들이!"

타락체가 노성을 지르며 양손 대검을 휘둘렀다.

―용참격!

검격의 궤적으로부터 뻗어나간 섬광이 50미터도 넘게 떨어져 있는 드론들을 가르고 지나갔다.

콰과광……!

4기의 드론이 순식간에 파괴되어 추락했다.

―염동충격탄!

그리고 연속적으로 발사된 에너지탄이 무인 전차들을 강타해서 격파해 버렸다.

[제길! 역시 못 버팁니다!]

[어떻게든 버텨. 이제 곧 올 거다.]

[대체 누가 온다는 겁니까?]

[팀 섀도우리스.]

그 말에 무전이 충격으로 술렁였다.

그들의 전투 능력을 현격히 끌어올려 준 존재, 제로가 이끄는 분대 규모의 헌터 팀.

부대장은 강원도 수복 작전을 너무나도 쉽게 처리해 버리면서 충격적인 데뷔전을 치른 그들이 온다고 말하고 있었다.

그때였다.

오오오오오오!

먼 곳에서 터져 나온 포효가 공기를 쩌렁쩌렁 흔들었다.

서포터들이 깜짝 놀라서 그 소리의 진원지를 살폈다.

[아, 이건… 이건 진짜 너무하잖아.]

[또 뭐야? 뭐가 나온 거지?]

[군주 개체가 나왔다.]

전신에 화염을 휘감은 존재, 불꽃의 볼더가 울부짖고 있었다.

[이놈도 7등급 수준입니다. 빌어먹을, 이게 말이 돼?]

서포터가 비명을 질렀다.

지휘관 개체도, 군주 개체도 오로지 휴머노이드 몬스터에게만 빙의할 수 있다.

그리고 대부분의 휴머노이드 몬스터는 3, 4등급이었다. 그렇기에 그들이 고등급 몬스터에 빙의해서 나타난 적은 없었다.

하지만 이곳이 50미터급 게이트라는 게 문제였다.

5등급 몬스터, 암석거인이 볼더를 담는 그릇이 되었다.

지금의 볼더는 7등급 몬스터 수준의 마력을 분출하며 주변을 초토화시키고 있었다.

콰과과과광……!

볼더가 쏘아대는 에너지탄의 사정거리는 2킬로미터를 가뿐히 넘었다.

접근하던 드론들이 공격조차 못 해보고 격추당하기 시작했다.

〈팀 크로노스 1부대.〉

그때였다.

모두의 뇌리에 차분한 남자의 목소리가 텔레파시로 전달되어 왔다.

〈우리는 팀 섀도우리스다. 협력에 감사한다. 이제부터 군주 개체는 우리가 처리할 테니 주변에 접근하지 말길 권고하겠다. 무인 병기들도 물려주면 고맙겠군.〉

그리고 알파 분대를 공격하던 상아인에게 한 줄기 섬광이 꽂혔다.

"어떤 놈이지?"

상아인은 저격을 염두에 두고 있었는지 방어막을 펼쳐서 그것을 막아냈다.

그러나 그가 고개를 돌리는 순간, 또 한 발의 섬광이 그를 덮쳤다.

"흥!"

그가 양손 대검을 휘둘러 그것을 쳐내는 순간이었다.

누군가 공간을 뛰어넘어서 그 앞에 나타났다.

—라이트닝 블로!

그리고 상아인이 막 양손 대검을 휘두른 그 타이밍을 노려서 일권을 꽂아 넣었다.

꽈과광!

도저히 회피 불가능한 타이밍에 날아든 일격이 타락체에게 정타로 꽂혔다. 뇌광이 폭발하면서 타락체가 튕겨 날아갔다.

"크윽, 건방진 놈!"

〈멋지게 맞아놓고 할 소린가?〉

텔레파시로 말한 것은 새하얀 갑옷을 입은 존재였다.

머리 위에는 빛의 고리가 있고 등 뒤 분출되는 빛이 펄럭이는 망토처럼 보이는 존재, 셀레스티얼.

팀 섀도우리스의 이미나가 상아인을 급습한 것이다.

3

[고스트?]

서포터 하나가 놀라서 중얼거릴 때였다.

[한 명이 아니야.]

다른 서포터가 숨을 삼켰다.

불길과 폭연이 치솟고 있는, 볼더가 있는 지점에서 300미터쯤 떨어진 곳을 걷고 있는 존재가 있었다.

순백의 표면 위로 황금과 백은으로 복잡한 패턴의 무늬를

양각(陽刻)한 갑옷을 입은 존재였다. 헬멧에는 날개 모양의 섬세한 장식이 조각되어 있었고, 오른손에는 눈부신 빛 그 자체로 이루어진 검이 들려 있었다.

성좌의 무기 광휘의 검을 든 자, 차준혁이었다.

후우우우우!

광풍이 휘몰아치면서 불길과 연기가 걷히기 시작했다.

그 너머에서 키가 10미터에 달하는 불의 거인이 모습을 드러내었다.

〈왔구나.〉

볼더가 차준혁을 보며 기뻐했다.

〈기둥의 제물. 크하하하하! 드디어 만나는군!〉

〈암석거인과의 조합이 꽤 어울리는군.〉

차준혁이 느긋한 걸음으로 그에게 다가가며 말했다.

확실히 그랬다.

암석거인은 표면이 새카만 암석 조각들로 뒤덮인 거인이다.

키가 10미터에 달하는 이 괴물은 직접 보면 전혀 생명체라는 느낌이 들지 않았다. 검은 돌 사이사이로 열기를 발하는 붉은빛이 흘러나오고 있어서 더더욱.

그런데 그 표면을 불꽃이 휘감고 있으니 아주 잘 어울린다. 원래부터 그런 모습이었던 것 같았다.

〈5등급 몬스터에 빙의하니 제법 힘이 넘치는 모양인데… 그 정도로 나한테 자신만만해도 될까?〉

차준혁의 도발에 볼더가 반응했다.

―폭염질주!

콰하하하하하!

볼더가 달리기 시작하자 그 궤적을 따라서 폭염의 벽이 일어났다.

무인 병기의 공격으로 인한 산불과는 비교도 안 되는 불길이 숲을 태우면서 확산되어 간다.

〈나는 불꽃의 군주.〉

볼더가 사방으로 불을 확산시키며 말했다.

〈불이 가득한 곳에서 나를 이길 수 있다고 생각하느냐?〉

〈물론이지.〉

우쭐거리는 볼더 앞에 차준혁이 홀연히 나타났다.

쾅!

폭음이 울리며 볼더와 차준혁이 서로 반대편으로 튕겨 나갔다.

―폭염구(暴炎球)!

볼더가 불꽃의 구체를 연달아 쏘아대기 시작했다.

10미터의 거체에서, 직경 3미터에 달하는 거대한 불꽃의 구체가 연달아 쏘아져서 주변을 때려대었다.

콰과과과과광!

폭발력으로만 따지면 미사일에 버금가는 파괴력이었다.

게다가 고열의 불꽃이 확산되면서 볼더의 기세를 높여준다는 점에서 악질적이다.

─피지컬 부스트!

볼더가 가속 스펠까지 걸고 뛰어들었다. 10미터의 거체라고
는 생각할 수 없을 정도로 빠른 움직임이었다.

─블링크!

게다가 공간 간섭계 스펠까지 쓴다. 달려들던 볼더의 거체
가 사라지더니 차준혁의 뒤에서 나타나 손을 뻗어왔다.

〈확실히…….〉

차준혁이 놀랐다는 듯 말했다.

파악!

그리고 섬광이 공간을 가르고 지나갔다.

〈크윽!〉

볼더가 신음했다.

쿠구구구궁……!

일격에 잘려 나간 그의 팔이 땅에 떨어지면서 굉음이 울려
퍼졌다.

〈3등급에 빙의했을 때하고는 차원이 다르군.〉

예전에 유현애가 팀 반도호랑이에 있을 때 마주했던 것과
는 비교도 안 될 정도로 강했다.

마력도 그렇지만 구사하는 스펠도, 육체의 강력함과 움직임
의 신속함도 딴판이었다. 7등급 몬스터를 수월하게 사냥할 수
있는 헌터 팀이라도 지금의 볼더와 싸운다면 몰살당할 수도

있으리라.

하지만 지금의 차준혁에게는 위협이 되지 못한다.

쾅!

차준혁의 공격이 볼더를 강타했다.

〈이놈······!〉

분노한 볼더가 반격을 가했다.

하지만 소용없었다. 수십 발의 폭염탄으로 광범위한 화망을 구성하고 몰아치는데도 차준혁은 모조리 피해내고 있었다. 맞기는커녕 스치지도 않는다.

'예전의 나였다면 이놈한테 죽었겠군.'

차준혁은 예지능력으로 볼더의 모든 공격을 사전에 간파하고 피해내고 있었다.

하지만 볼더도 무작정 화력을 퍼부어대기만 하는 게 아니다. 3등급 몬스터에 빙의했을 때와 달리 텔레파시 공격으로 차준혁의 예지에 혼선을 일으키려고 하고 있었다.

즉, 볼더는 차준혁이 예지능력자임을 간파하고, 그 대응법을 쓰고 있는 것이다. 차준혁이 서용우에게 어비스의 노하우를 전수받지 못했다면 당해 버렸으리라.

—용참격!

광휘의 검이 한순간에 죽 늘어나면서 볼더의 몸을 강타했다.

파지지지직!

하지만 그때 예상치 못한 상황이 발생했다.

갑자기 볼더의 허공장이 강화되면서 차준혁의 공격을 붙잡았던 것이다.

〈광휘의 검은 광휘의 군주가 상대해야 어울리겠지.〉

볼더가 웃었다.

오오오오오오!

동시에 불타는 숲 저편에서 빛이 솟구치면서 공기가 격렬하게 진동하기 시작했다.

[뭐야?]

[마력 반응이 급상승 중!]

[말도 안 돼! 이건…….]

서포터들이 경악했다.

[8등급이다!]

그곳에서 빛의 거인이 몸을 일으키고 있었다.

*   *   *

50미터급 게이트 내부에 패닉이 퍼져 나갔다.

[7등급이 셋인데 8등급까지 나오다니…….]

[끄, 끝장인가?]

원래 게이트의 코어 몬스터인 7등급.

7등급 몬스터와 동급의 마력을 가진 상아인 타락체.

5등급 암석거인에게 빙의해서 7등급의 마력을 발휘하는 군주 개체 볼더.

거기에 이번에는 8등급 몬스터 수준의 마력을 자랑하는 빛의 거인이 나타난 것이다.

〈이 정도면 나쁘지 않군.〉

빛의 거인이 우아한 어조로 말했다.

〈나는 광휘의 군주, 데바나.〉

종말의 7군주의 일좌를 차지한 자, 광휘의 군주 데바나가 처음으로 인류 앞에 모습을 드러내었다.

〈키클롭스인가.〉

차준혁이 중얼거렸다.

데바나는 5등급 휴머노이드 몬스터, 키클롭스에게 빙의해서 나타났다. 그래서 암석거인에 빙의한 볼더와 거의 비슷한 덩치를 자랑하고 있었다.

볼더가 웃었다.

〈어떠냐? 이런 상황을 상상이나 해봤느냐?〉

〈아니, 확실히… 예상 밖이군.〉

차준혁은 순순히 인정했다.

팀 섀도우리스가 상정한 것은 타락체 두셋과 군주 개체가 같이 나타나는 것까지였다. 설마 군주 개체를 상대하는 구세록의 계약자가 누구냐를 보고 그에 대응하는 새로운 군주 개체가 강림할 줄은 예상 못 했다.

'이놈들도 머리를 안 쓰는 건 아니다, 이거지.'

종말의 7군주 중 하나인 하스라가 당해서일까?

이런 식으로 함정을 계획한 것은 정말 놀라웠다.

〈왜 같은 5등급에 빙의했는데 마력이 이렇게나 차이 나지?〉

차준혁이 자신을 양쪽으로 포위한 볼더와 데바나를 보며 물었다.

2미터도 안 되는 그를 10미터에 달하는 불의 거인과 빛의 거인이 포위한 채로 압박하는 것은 꽤나 기괴해 보이는 광경이었다.

데바나는 그 질문을 무시하지 않고 받아주었다.

〈기둥의 제물, 네가 있기 때문에 짐의 애장품들을 내놓았느니라.〉

〈추가적으로 자원을 소모하면 더 본체에 가까운 힘을 갖고 올 수 있나 보군.〉

차준혁은 대번에 그 말의 의미를 짚어내었다.

군단이 보유한 전투 자원, 아마도 영혼을 소모하면 군주 개체가 보다 강력한 모습으로 강림할 수 있는 것이다.

'하지만 그래도 아티팩트를 매개체로 삼았을 때만큼은 안 돼.'

지금의 데바나는 확실히 볼더보다는 훨씬 강하다. 하지만 70미터급 게이트에 강림했던 하스라에게는 어림도 없었다.

'그리고 이놈들의 본체는 그것보다도 훨씬 강하다……'

용우는 정보세계에서 하스라를 죽일 때 알아낸 사실을 알려주었다.

아티팩트를 매개체로 강림했던 하스라조차도 정보세계의 본체에 비하면 너무나 약화된 모습이었다. 그들의 본체는 종말의 군주라고 불리기에 충분한 힘을 갖추고 있었던 것이다.

용우가 하스라를 쉽게 잡았던 것도 그가 방심한 틈에 육체를 부수고 코어를 제압한 채였기 때문에 가능했다. 서로 만전의 상태였다면 그리 쉽지 않은 싸움이었으리라.

'역시 성좌의 무기는 절대로 이놈들한테 빼앗기면 안 된다.'

차준혁은 새삼 그 사실을 실감했다.

〈이제는 이곳의 인류도 우리에 대해서 좀 알게 되었나 보구나.〉

데바나가 웃으며 한 걸음 내디뎠다.

동시에 공명이 일어났다.

우우우우우우!

광휘의 검과 데바나가 공명하면서, 어마어마한 마력이 폭증하기 시작했다.

〈크윽……!〉

예지로 알아차려도 피할 수 없는 상황에 차준혁이 신음했다.

날뛰는 야생마에 올라탄 것처럼 미친 듯이 요동치는 마력이 그의 통제를 벗어나려고 하고 있었다.

—선다운 버스트!

차준혁은 그 마력을 애써 통제하려고 하는 대신, 용우가 알려준 해결법을 사용했다.

단번에 대량의 마력을 써버리는 방법이었다.

하늘에서 한 줄기 가느다란 빛줄기가 볼더의 머리 위로 떨어져 내렸다.

콰아아아아아아!

대형 항공 폭탄의 위력을 훨씬 능가하는 대폭발이 그 자리를 집어삼켰다.

그 여파로 일시적으로 전술 네트워크가 마비되었다.

〈가련하군.〉

솟구치는 폭연 속에서 데바나의 정신파가 울려 퍼졌다.

〈무의미한 짓을 하는구나.〉

데바나는 광휘의 검과 대응하는 존재다. 그에게 광휘의 검이 자랑하는 빛의 힘은 제대로 통용되지 않았다.

그 반대도 마찬가지이기에, 그들은 서로를 해하기 위해 특기 분야가 아닌 힘을 써야만 한다.

데바나가 블링크로 공간을 넘어서 차준혁 앞에 나타났다.

파지지지직!

둘의 허공장이 부딪치면서 격렬한 스파크가 수십 미터나 뻗어나갔다.

〈하하하! 제법 훌륭한 재주다!〉

데바나가 호탕하게 웃었다.

서로의 허공장이 부딪치는 순간, 차준혁이 곧바로 허공장 잠식을 시작했기 때문이다.

하지만 데바나는 지성이 없는 몬스터가 아니었다. 게다가 지금의 그는 저등급 몬스터에게 빙의한 상태도 아니라서 힘과 권능이 상당 수준까지 개방되어 있었다.

〈음……!〉

차준혁이 신음했다.

데바나가 능숙한 기술로 허공장 잠식에 대항했기 때문이다.

콰아아앙!

차준혁은 허공장 잠식을 포기하고 데바나를 떨쳐내었다.

광휘의 검이 길게 뻗어나가면서 눈부신 빛이 주변을 휘감았다.

〈생각해 보니까, 그냥 힘으로 해도 되는 일이었어.〉

지금의 차준혁은 데바나보다 마력이 위였다. 본신 마력만으로 따지면 데바나가 앞서지만, 광휘의 검으로 증폭된 최대 출력은 9등급 몬스터 수준에 달하니까.

〈후후, 확실히 힘이 좋구나. 하지만 잊고 있는 게 있지 않나?〉

〈뭘 말이지?〉

데바나의 물음에 차준혁은 무슨 소린지 모르겠다는 듯 물었다.

〈…….〉

그리고 잠시 둘 사이에 침묵이 흘렀다.

무언가를 기다리던 데바나가 당황해서 말했다.

〈볼더? 뭘 하고 있나?〉

군주 개체 둘이서 차준혁을 상대하는 것이 그들의 계획이
었다.

그런데 어느 순간부터 볼더가 차준혁과 데바나의 전투에
끼어들지 않고 있었다.

〈…무슨 짓을 한 거냐?〉

〈제법 머리를 굴려서 덫을 준비한 모양인데…….〉

차준혁이 싸늘하게 웃었다.

〈입장을 착각하지 마라. 사냥꾼은 우리다.〉

팀 섀도우리스는 이미 오래전부터 이런 상황을 기다리고
있었다.

*   *   *

상아인 타락체는 당황했다.

"이건 설마… 공간 분할 필드? 고작 일곱 번째 문이 열린 인
류 중에 이런 스펠을 쓸 수 있는 자가 있다고?"

눈앞의 적들에게 정신이 팔려 있는 동안, 게이트 내부 필드

에 광범위한 변화가 일어났다.

겉으로 보기에는 아무것도 달라진 게 없는 것 같았다. 하지만 상아인 타락체는 더 이상 불꽃의 볼더와 광휘의 데바나의 마력을 감지할 수 없었다.

누군가가 펼친 대규모 스펠이 공간을 왜곡시켰다. 상아인 타락체와 불꽃의 볼더, 광휘의 데바나가 있는 공간은 더 이상 연속성을 갖지 못했다.

〈이제야 됐나.〉

이미나가 한숨을 쉬었다.

동시에 그녀의 아공간에서 갑옷 위로 오른 주먹부터 팔꿈치까지를 감싸는 장갑형 추가 파츠가 튀어나왔다.

철컥!

금속이 맞물리는 소리와 함께 추가 파츠가 그녀의 갑옷에 결합되었다.

"설마… 열쇠?"

상아인 타락체가 믿을 수 없다는 듯 중얼거릴 때였다.

쿠구구구구구……!

그녀 주변의 대지가 진동하며 지면이 터져 나갔다.

모습은 변하지 않았다. 셀레스티얼의 모습 그대로였다.

그러나 조금 전까지만 해도 6등급 몬스터 수준이었던 마력이 급상승하고 있었다.

뿐만 아니었다.

'이놈만이 아니야. 두 놈 모두다!'

상아인 타락체가 경악했다.

모습을 감춘 채 저격으로 이미나를 지원하던 누군가, 유현애의 마력도 비슷한 수준으로 급상승하고 있었기 때문이다.

이미나의 마력도, 유현애의 마력도 상아인 타락체의 그것을 능가한다.

"어떻게 이럴 수가?"

상아인 타락체는 동요를 감추지 못했다.

〈표정이 아주 볼만하군.〉

이미나가 장착한 추가 파츠는 서용우가 그녀에게 넘겨준 아티팩트 대지의 로드였다. 서용우가 그녀의 요구 사항을 듣고 형상변화 스펠로 형태를 바꿔준 것이다.

〈언니는 꼭 주먹으로 치고받아야겠어요?〉

모습을 감춘 유현애가 투덜거렸다.

셀레스티얼의 모습으로 대(對)몬스터 저격총, 제우스의 뇌격을 겨누고 있는 그녀의 어깨에는 새빨간 추가 파츠가 붙어 있었다. 역시 서용우가 형상변화 스펠로 형태를 바꾼 뒤 넘겨준, 아니, 정확히는 돌려준 아티팩트 불꽃의 활이었다.

〈이게 제일 편해. 이 갑옷도 좀 더 슬림해졌으면 좋겠는데.〉

씩 웃은 이미나가 상아인 타락체에게 돌진했다.

4

서용우는 회수한 아티팩트들을 팀 섀도우리스의 팀원들에게 넘겨주었다.

이미나에게는 아티팩트 대지의 로드를.
유현애에게는 원래 그녀의 것이었던 아티팩트 불꽃의 활을.
리사에게는 아티팩트 빙설의 창을.
휴고 스미스는 브리짓 카르타가 확보한 아티팩트 뇌전의 사슬을…….

이들 4명은 성좌의 무기 계승 후보로 설정되어서 셀레스티얼로 변신할 수 있는 이들이었다.
서용우가 그들에게 아티팩트를 준 이유는 간단했다.
원본이라고 할 수 있는 성좌의 무기와 마이너 카피라고 할 수 있는 아티팩트의 관계성을 연구해 본 결과 한 가지 답을 얻었기 때문이다.
성좌의 무기 계승 후보들은, 아티팩트를 매개체로 삼으면 원래 주인에 필적하는 힘을 끌어낼 수 있다는 것을.

'성좌의 무기에 내재된 힘의 총량과 출력은 전혀 별개의 것이다.'

허우룽카이가 그랬던 것처럼, 서용우도 혼자서는 다 쓸 수 없는 그 힘을 전부 끌어낼 방법을 고심했다.

그 답이 이전까지 팀 섀도우리스 팀원들이 쓰던 방법이다.

짧은 시간 동안만 존재할 수 있는 아티팩트 빙설의 창의 마이너 카피.

형상복원 스펠로 만들어낸 그것을 쥐여주자, 계승 후보들은 자의로 성좌의 힘을 끌어 쓸 수 있게 되었다.

'그렇다면 아티팩트 그 자체를 주면, 훨씬 강해질 수 있지 않을까?'

빙설의 군주 하스라가 강림한 사례만 봐도 아티팩트는 굉장한 힘을 담아낼 수 있는 잠재력이 있었다. 용우는 자신의 가설을 확인하기 위해 유현애에게서 불꽃의 활을 넘겨받아서 연구해 보았다.

그리고 프리앙카에게서 성좌의 무기를 넘겨받았을 때 비로소 확신하게 되었다.

각 성좌의 무기와 짝을 맞추는 아티팩트를 매개체로 쓰면 그냥 셀레스티얼로 변신했을 때보다 훨씬 강력한 힘을 끌어낼 수 있다는 것을.

*　　　*　　　*

〈이런 일이…….〉

불꽃의 볼더가 아연해하며 중얼거렸다.

그가 일으켰던 불은 모두 꺼졌다.

까맣게 타들어가던 나무들은 모두 새하얗게 얼어붙었다. 불과 몇 분 전까지 대기를 태우던 열기가 거짓말이었던 것처럼, 기온은 영하 30도 밑까지 강하하고 휘몰아치는 돌풍이 얼음 부스러기들을 실어 나르고 있었다.

그리고 그 위로 뇌전이 질주한다.

쫘르릉! 쫘광!

사방에서 날아드는 전광이 볼더의 허공장을 급격하게 깎아 내었다.

불꽃의 볼더는 5등급 몬스터, 암석거인에게 빙의해서 7등급 수준의 마력을 휘두르고 있다. 인류가 지금까지 만나보지 못한 위협일 것이다.

하지만 그와 싸우고 있는 인간들은, 놀랍게도 모두가 그보다 강한 마력을 보유하고 있었다.

〈이거 나 혼자서 해도 충분할 것 같은데?〉

휴고가 중얼거렸다.

아티팩트 뇌전의 사슬을 매개체로 셀레스티얼로 변신한 그의 마력은 거의 9등급 몬스터 수준에 가까웠다.

몇 번이나 테스트해 봤지만 정말 놀라웠다. 이 힘이 있으면 무엇이든 할 수 있을 것 같은 자신감이 샘솟았다.

〈우쭐거리지 마.〉

그와 반대편에서 볼더를 포위한 브리짓이 한마디 했다.

〈너무 들뜨지 마세요. 그냥 때려죽이는 게 목적이 아니니까요.〉

리사가 차갑게 한마디 했다.

아티팩트 빙설의 창을 매개체로 셀레스티얼로 변신한 그녀역시 휴고와 필적하는 마력을 발하고 있었다.

'쟤는 확실히 이상해.'

휴고는 리사를 보며 꺼림칙함을 느꼈다.

현재 휴고의 본신 마력은 페이즈13을 넘어서 14에 가까워지는 중이다. 그에 비해 리사의 본신 마력은 아직도 페이즈6에불과했다.

성장 속도를 기준으로 보면 리사의 마력은 놀랍도록 빠르게 늘고 있다. 하지만 절대치로 보면 여전히 낮은 수준에 불과한데, 셀레스티얼로 변신하면 휴고와 동급의 마력을 발휘하는게 말이 되는가?

'특이체질, 특이체질 하는데 도대체 어떤 특이체질이어야 저럴 수가 있는 건데?'

물론 지금은 그런 의문에 골몰할 때는 아니었다.

셋이 볼더를 느긋하게 궁지로 몰아넣고 있을 때, 용우의 텔레파시가 들려왔다.

〈충분히 깎아냈군. 이제 단번에 몰아쳐서 끝내.〉

그들이 기다리고 있던 지시였다.

볼더의 움직임을 묶어놓고 야금야금 허공장을 깎아내는 데 주력하던 셋이 적극적인 공세로 전환했다.

─구전광!

브리짓이 스펠을 발하자 12발이나 되는 뇌격의 구체가 사방에서 볼더를 향해 내리꽂혔다.

퐈과과과과광!

뇌전이 연쇄적으로 폭발하면서 볼더의 허공장을 급격히 깎아내었다.

─프리징 버스트!

그리고 그 폭발이 멎자마자 리사가 던진 얼음의 창이 초음속으로 볼더에게 꽂혔다.

콰아아아아아!

볼더는 허공장을 집중해서 막아냈지만, 얼음의 창이 깨져나가면서 폭발한 한기 파동이 그의 육체를 휘감고 타오르던 불꽃을 날려 버렸다.

─라이트닝 피어스!

그리고 블링크로 뛰어든 휴고가 뇌전의 송곳으로 볼더를 강타했다.

깎일 만큼 깎인 볼더의 허공장이 종잇장처럼 뚫려 버렸다. 5미터 길이로 뻗어나간 뇌전의 송곳이 10미터의 거체를 자랑하는 볼더의 왼팔을 끊어버렸다.

쿠구궁……!

끊어진 왼팔이 땅에 떨어지자 깨진 얼음 조각이 사방으로 솟구쳤다.

화아아아악!

볼더가 화염을 폭발시켜서 반격했다.

그러나 휴고는 허공장을 돌출된 원뿔형으로 만들어서 그것을 버텨내면서 호쾌한 펀치로 카운터를 넣었다.

쾅!

빌딩도 부술 충격에 볼더의 거체가 휘청거렸다.

뒤이어 휴고가 연속 블링크로 공간을 뛰어넘었다.

콰콰쾅!

복부에 한 방, 흉부에 두 방, 마지막으로 어깨에 한 방!

전광석화처럼 날린 공격을 통해서 볼더의 몸속으로 침투한 뇌전이 폭발했다.

〈……!〉

볼더가 비명도 지르지 못하고 튕겨 나갔다.

쿠과과과광!

그러나 그가 튕겨 나간 거리는 채 10미터도 안 됐다.

곧바로 블링크로 따라잡은 휴고가 발차기로 그의 머리를 쳐서 땅에 처박았기 때문이다.

〈그러게 나 혼자서도 충분하다니까.〉

휴고가 코웃음을 치며 우쭐거릴 때였다.

아득한 천공에서 무언가가 초음속으로 낙하해 왔다.

콰아아아앙!

그것은 얼음처럼 투명한 재질의 창이었다.

다만 길이가 6미터에 달하는 것이, 2미터쯤 되는 창을 그만큼 거대하게 늘려놓은 것 같은 모습이었다.

〈야! 공격할 거면 말을 해야 할 거 아냐!〉

볼더 옆에서 우쭐거리고 있던 휴고가 기겁해서 따지고 들었다.

그러자 용우의 심드렁한 대꾸가 들려왔다.

〈안 맞았으니 됐잖아?〉

〈아오, 저런 놈을 캡틴이라고.〉

휴고가 구시렁거리며 물러났다.

그리고 그 자리에 공간을 뛰어넘은 용우가 나타났다.

〈이건… 열쇠? 아니, 뭔가 다르군.〉

거대한 창에 꿰뚫려서 땅에 고정된 볼더가 당황했다.

그것은 아티팩트 빙설의 창처럼 보였다. 하지만 종말의 7군주 중 하나인 볼더는 그게 아니라는 사실을 알아볼 수 있었다.

"도마 위의 생선 꼴이 됐으면서도 호기심이 우선인가?"

용우가 그의 몸 위에 올라서면서 빈정거렸다. 그러자 볼더가 성난 목소리로 말했다.

〈고작 내 화신을 해한 것만으로 우쭐거리지 마라. 어차피 시간문제일 뿐, 너희들의 운명은 결정되어 있다.〉

"너희들이 아는 게임의 룰대로라면 그렇겠지."

〈뭐?〉

"모르고 보면 공평해 보이는 룰이지만… 역시 쓰레기 게임이야."

확실히 구세록에 얽힌 모든 것은 양면성을 갖고 있었다.

아티팩트는 종말의 군주를 강림시키는 재앙의 열쇠이면서, 동시에 성좌의 힘을 최대치에 가깝게 끌어낼 수 있는 비장의 무기이기도 했다.

하지만 이런 정보는 인류에게는 주어지지 않았다. 침략자들의 정보 우위가 압도적인 시점에서, 공평함 따위는 존재하지 않는다.

"치팅한 게임을 즐기는 기분으로 침략하고 있으니 재밌겠지. 하지만 그게 얼마나 큰 착각이었는지 알려주마."

용우가 볼더의 몸을 꿰뚫은 거대한 창, 형상복원으로 만들어낸 빙설의 창 모조품을 매개체로 마력을 컨트롤하기 시작했다.

동시에 허공에서 파르스름한 빛을 발하는 마력석들이 무더기로 쏟아져 내리기 시작했다.

후두두두두두……!

어마어마한 양의 마력석을 쏟아둔 용우의 눈이 시퍼런 빛을 발했다.

그리고 마력석들이 불타오르기 시작했다.

빛 그 자체로 화한 마력석들이 허공을 덧칠한다. 그리고 용우의 마력장이 화산 폭발처럼 주체할 수 없는 기세로 폭증해 갔다.

―봉인(封印)!

산더미 같은 마력석이 연소되면서 발생한 초고밀도의 마력장이 볼더를 감싸고 수축되기 시작한다.

〈봉인? 말도 안 돼!〉

볼더가 경악했다. 꿈에도 상상하지 못한 사태였기 때문이다.

용우가 그를 비웃었다.

"왜? 고작 일곱 번째 문을 연 인류가 이런 스펠을 가졌을 줄 몰랐나?"

〈네놈은 도대체 뭐냐?〉

"글쎄, 느긋하게 생각해 봐. 영겁의 봉인 속에서."

〈웃기지 마라. 놀라긴 했지만 이런 얕은 수작으로……?〉

볼더는 최후의 수단을 사용했다. 즉시 몸을 포기하고 빠져나가려고 한 것이다.

하지만 안 된다.

〈이럴 리가?〉

볼더의 여유가 완전히 사라졌다.

이 몸은 자신의 진짜 몸이 아니다. 마음만 먹으면 언제든지 탈출할 수 있다.

그렇기에 여유를 부릴 수 있었던 것이다. 하지만 도망칠 수 없다는 사실을 알게 되자 오랫동안 잊고 있던 감정이 밀려왔다.

바로 공포였다.

〈이럴 리가 없어!〉

볼더가 절규하며 발버둥 쳤다.

하지만 안 된다. 강력한 힘이 그의 정신을 화신에 붙들어두고 있었다.

'기대한 것보다 더 효과가 좋군.'

용우는 볼더의 절규를 즐기며 흡족하게 웃었다.

하스라 때는 완벽하게 우위를 점한 상태로 정신 가두기를 걸어도 효과가 10초 정도 지속될 뿐이었다.

하지만 빙설의 창 모조품을 볼더의 몸에 꽂아놓고, 그것을 매개체로 쓰자 훨씬 효과가 뛰어났다.

〈설마! 하스라도 이런 식으로 당한 건가?〉

볼더는 완벽하게 궁지에 몰리고 나서야 하스라에 대해서 떠올린 것 같았다.

'자, 그럼……'

용우는 그 의문에 답하는 대신 눈을 감았다.

광포한 맹수가 덫에 걸렸다. 이제는 발을 묶인 채로 발버둥

치는 맹수의 숨통을 끊어야 할 차례였다.

'간다.'

용우의 의식이 볼더의 본체가 존재하는 정보세계를 향해
날았다.

*　　　　*　　　　*

뭐든지 처음이 어렵다. 처음의 어려움을 이겨내고 나면 그
다음부터는 좀 더 수월해지게 마련이다.

정보세계로의 진입 역시 그랬다.

용우는 볼더의 화신과 본체의 연결을 따라 정보세계로 날
아오자마자 필요한 작업을 마쳤다.

저벅.

딱딱한 바닥을 밟는 발소리가 울려 퍼졌다.

진입한 순간에는 온통 더 옅은 회색과 더 짙은 회색으로만
이루어진, 그리고 노이즈로 가득 차 있던 세계가 빠르게 변화
하기 시작했다.

쿠구구구…….

동시에 주변이 가볍게 진동했다.

정보세계에 적응한 용우의 마력이 물질세계의 본체와는 비
교도 안 되는 수준으로 폭증하는 바람에 약간 컨트롤이 흩어
진 여파였다.

'중간에 지연 효과를 추가해야겠군.'

용우는 흘끔 천장을 올려다보았다. 지금 그는 그 너머에서부터 무언가가 시작되게 만들었다.

그 결과가 나오는 타이밍이 자신이 원하는 순간과 딱 들어맞는다는 보장은 없었다. 그렇기에 용우는 한 가지 작업을 추가해 두었다.

"군주마다 취향이 다른 건가."

순식간에 정보세계에 적응한 용우가 중얼거렸다.

하스라의 본거지는 돔 형태로 만들어진 거대한 의전용 홀처럼 보이는 공간이었다.

하지만 볼더의 본거지는 거대한 궁전의 알현실 같았다.

다만 한 가지, 굉장히 특이한 점이 있었으니 온통 불타고 있다는 것이다.

'모르는 사람이 보면 화재 현장인 줄 알겠는데.'

하지만 화재 현장과 달리 그 불은 궁전을 파괴하지 않았다. 분명히 열기도, 기세도 있는데도 계속해서 타고 있을 뿐이다.

그리고 그 불길 속, 이 공간에서 가장 높은 곳에 화려한 옥좌가 있었다.

역시 불타고 있는 그 옥좌 위에는 볼더로 보이는 해골이 앉아 있었다. 붉은색 바탕 위에 황금으로 치장된 화려한 예복을 입고, 그 위에는 두꺼운 붉은 가죽 망토를 두른 해골이었다.

〈침입자?〉

하스라 때와 다른 점은 또 있었다.

볼더는 혼자가 아니었다.

불길을 휘감은 백여 명의 해골 기사들이 불타는 알현실의 좌우에 도열해 있었던 것이다.

Chapter39

착한 어린이들

1

〈이렇게나 교묘하게 잠입할 수 있는 능력을 가진 암살자라니, 놀랍군.〉

대장으로 보이는 자는 거구의 해골 기사였다. 두꺼운 중장 갑옷을 입고 길이가 2미터를 넘는 양손 대검을 든 그 역시 전신이 불타오르고 있었다.

용우는 그를 보는 순간 느꼈다.

'강하군.'

지구에 나타난다면 재앙이라 불리기에 충분한 힘이 느껴진다.

뿐만 아니다. 불타는 알현실에 도열한 백여 명의 해골 기사들 전원이 강력한 마력을 뿜내는 고위 언데드들이었다.

"머저리만 있는 건 아니군그래."

자신을 노려보는 언데드들을 보며 용우가 차갑게 웃었다.

'역시 무작정 쳐들어오지 않길 잘했지.'

군단의 핵심이라고 할 수 있는 일곱 군주 중 하나가 소멸했는데 이들이 경각심을 갖지 않을 리가 없다. 하스라가 어떻게 소멸했는지 파악하지는 못했지만, 만약의 사태에 대비하고 있었다.

만약 용우가 하스라 때처럼 무작정 쳐들어왔으면 위험했을 것이다. 이 언데드들과 싸우는 동안에 볼더도 돌아왔을 테니까.

'하지만 길어봐야 5분.'

그 정도면 볼더도 용우의 구속을 떨치고 돌아올 것이다.

물론 그대로 봉인되어 준다면 최선의 결과다. 하지만 용우는 아직 군주 개체를 완전히 봉인하는 게 불가능하다고 판단했다.

"어디 종말의 군주를 호위하는 최정예의 수준이 어느 정도인지 볼까?"

용우가 이를 드러내며 웃었다.

거구의 해골 기사, 호위 기사들의 대장이 양손 대검을 겨누며 명령했다.

〈쳐라!〉

그리고 백 명의 해골 기사들이 일제히 용우를 덮쳤다.

* * *

어비스에서 언데드와 타락체의 위험도는 동급으로 취급되었다.

하지만 위험도 분류가 그럴 뿐, 둘이 위험이 되는 이유는 서로 달랐다.

타락체는 개개인의 전투 역량이 뛰어난 만능 전사들이었다. 당장 지구인 중에 타락체가 된 사례만 봐도 전부 어비스 하반기까지 살아남은 자들이었으니 그럴 수밖에.

그들은 대인전에도 강하고, 몬스터 상대로도 강하다. 격투전은 물론이고 저격, 은신 잠입, 화력전에 이르기까지 못하는 게 없는 올라운더들이었다.

그에 비해 언데드들은 실력과 특기 분야가 천차만별이다.

타락체가 협동성이라고는 눈을 씻고 찾아봐도 찾기 어려운 데 비해 언데드들은 조직력이 뛰어났다. 그리고 군대의 병과가 나뉘듯이 전문 분야가 확실히 나뉘어 있어서 격투전에 뛰어난 놈이 있는가 하면 대규모 화력전에 뛰어난 놈도 있다.

그리고 그들의 가장 무서운 점은 전장에 있을 때 발휘된다.

인간이든 괴물이든 죽어서 시체가 되는 순간 그들의 꼭두각시가 되기 때문이다.

'즉, 시체가 없는 곳이라면 네놈들의 위험성은 크게 줄어든다는 소리지.'

용우는 코웃음을 치며 가장 먼저 뛰어든 해골 기사의 머리통을 박살 냈다.

―프리징 필드!

동시에 자신을 중심으로 강렬한 한기 파동을 전방위로 폭발시켰다.

콰콰콰콰콰……!

막대한 압력으로 방출된 한기 파동이 주변을 휩쓸었다.

불꽃을 휘감고 있던 해골 기사들이 일제히 얼어붙는다.

―어스 바운드!

뒤이어 지면이 원형으로 터져 나가면서 바닥을 이루고 있던 석재가 해골 기사들을 덮쳤다.

지이이이이잉!

그때 날카롭게 정련된 정신파 공격이 날아들었다.

"음……!"

용우가 주춤했다. 고위 언데드들이 완벽하게 타이밍을 맞춰 발한 날카로운 정신파의 칼날 수십 개를 무시할 수는 없었다.

해골 기사들은 동료들이 만들어준 틈을 놓치지 않았다. 용우가 뿜어낸 한기 파동에 얼어붙었던 놈들도 금세 그 구속을 떨쳐내면서 뛰어들었다.

쾅!

그러나 그들은 대가를 치러야 했다.

용우는 그럴 줄 알았다는 듯 특정한 조건을 충족시키면 자동으로 발동하는 스펠들을 함정으로 깔아두었던 것이다.

해골 기사 둘의 머리통이 터져 나갔다.

ㅡ염동빙결탄(念動氷結彈) 동시다발(同時多發)!

동시에 용우가 극저온의 한기를 농축한 에너지탄 24발을 한꺼번에 발사했다.

ㅡ이레귤러 바운드!

극초음속으로 쏘아진 24발의 에너지탄이 한꺼번에 사라졌다. 불규칙한 궤도로 공간 이동 하는 에너지탄들이 해골 기사들을 덮쳤다.

콰과과과광……!

새하얀 충격이 폭발하면서 주변 가득한 불꽃을 날려 버린다.

화재 현장의 한복판 같았던 궁전이 일순간에 얼음 궁전으로 화하면서 터져 나갔다. 도저히 피할 수 없는 광포한 눈과 얼음의 괴물이 날뛰는 것 같은 광경이었다.

〈이놈! 잘도 설쳐대는구나!〉

〈목을 베어주겠다!〉

그러나 해골 기사들은 전원이 고위 언데드였다.

절대영도에 가까운 극저온의 파동이 거세게 터지는데도 빙결당하는 자들은 소수였다. 나머지는 어떻게든 그것을 막아내면서 용우에게 반격을 가하고 있었다.

"아직 시작도 안 했어."

용우가 그들을 비웃었다.

아무도 그에게 접근하지 못한다.

─끝없는 미궁!

공간왜곡장이 충격파와 한기의 축제와 어우러져서 해골 기사들의 접근을 방해하고 있었다. 해골 기사들은 이 놀라운 조합조차도 뚫고 용우에게 도달할 방법을 찾아내지만, 그렇게 하기까지는 최소한 5초의 시간이 필요했다.

그리고 지금의 용우에게 있어서 5초는 꽤나 여유로운 시간이다. 홀로 충격파와 한기로부터 자유롭게 움직이는 용우가 오른손으로 천장을 가리켰다.

콰광!

폭음이 울리며 궁전의 천장에 커다란 구멍이 뚫렸다.

일순간 해골 기사들의 시선이 위로 향했다.

그들 모두가 초감각이 발달한 자들이다. 그렇기에 저편에서 무언가 터무니없이 불길한 것이 다가오고 있음을 직감했다.

"자, 이제 시간이 됐다."

용우가 정보세계에 진입한 순간 시작되게 만든 무언가가 완성되었다.

쿠구구구구구!

그 결과가 나오는 타이밍을 조절하기 위해 걸어둔 지연 효과를 해제하자 시간이 정지한 것 같은 고요함이 퍼져 나가기 시작했다.

―눈보라의 용!

그리고 기괴할 정도로 고요해진 하늘에서 한 마리의 용이 내려오고 있었다.

냉기 그 자체로 이루어진 거대한 백색의 용이 조용히 지상에 가까워진다.

소리는 없다. 광포한 기세도 없다.

그러나 멀리서 보면 그것은 공포 그 자체다. 백색의 용이 지나온 궤적은 하얗게 얼어붙었기 때문이다.

백색의 용은 까마득한 천공과 대지를 잇는 흰색의 선을 그려내고 있었다. 그것은 백색의 용이 대지에 닿는 순간 파열될, 세상에서 가장 긴 얼음 기둥이었다.

〈종말급 스펠!〉

〈아무런 조짐도 없었는데?〉

해골 기사들이 경악했다.

종말급 스펠.

그 명칭 그대로 한 문명에 종말을 가져올 수도 있는 스펠이다.

강력한 권능의 소유자들이 즐비한 종말의 군단 내에서도 사용 가능한 자가 거의 없고, 사용한다 해도 제물을 바쳐가며 거창한 의식을 치러야 하는 경우가 대부분인데 이렇게 아무런 조짐도 없이 발동하다니?

〈전원 방어 태세!〉

대장 해골 기사의 필사적인 외침에 해골 기사들이 일제히 한 지점으로 모여들었다. 용우의 공격으로 빙결당한 자들이 여럿 있지만 여전히 70명 이상이 신속하게 움직이고 있었다.

"훈련이 잘되어 있는데? 내가 본 언데드 집단 중에서는 최고야."

용우 입장에서는 최고의 찬사였다. 그리고 용우는 그렇게 강력한 놈들이 뭉치는 것을 지켜볼 생각이 없었다.

―헤븐스 디바이드!

순간 그들이 있는 공간이 분리되었다.

〈이런! 공간 분할 필드인가?〉

〈당장 중심축을 찾아!〉

해골 기사들이 당황했다.

이곳에 오기 전, 게이트 안에서 볼더와 데바나와 타락체를 분리해 놓은 것과 똑같은 스펠이었다. 겉으로 보기에는 아무것도 달라진 게 없는 것 같지만 곁에 있어야 할 동료들이 대여섯 명 정도밖에 안 남았다.

마치 같은 장소 위에 종이를 겹겹이 포개어놓은 것 같은 상황이다. 용우가 의지를 가진 개체들을 좌표로 삼아서 나눠놓은 공간들은 서로 연속성을 빼앗기고 말았다.

〈빨리!〉

그리고 그들은 결국 3초 만에 공간 분할 필드를 파괴하고 집결하는 데 성공했다.

하지만 그 또한 용우가 계산한 대로였다.

―보이드 바운드!

용우가 주먹을 지르자 타격 지점의 공간이 깨져 나가면서 균열이 발생했다.

쩌저적!

그리고 균열로부터 쏟아져 나온 열기가 폭발하는데…….

콰과과과광!

타격 지점부터 용우가 있는 지점, 반경 3미터 정도에는 아무런 해도 입히지 않고 그 너머만을 휩쓸었다.

〈빌어먹을! 이런 수작에!〉

해골 기사들은 온 힘을 다해서 그 폭발을 막아내야 했다.

집결한 고위 언데드들의 힘은 막강해서 항공 폭탄을 훨씬 능가하는 파괴력마저도 아무런 피해 없이 막아낼 수 있었다.

그러나 그렇게 주춤한 시간은 그들에게는 너무나 치명적이었다.

마침내 백색의 용이 그려내는 하얀 궤적이 하늘과 땅을 이었다.

……!

순백의 해일이 궁전은 물론이고 모든 것을 얼려 버리면서 폭발했다.

*　　　*　　　*

하얗다.

어딜 봐도 흰색이 모든 것을 지배하고 있었다. 시간조차 얼어붙은 풍경이었다.

저벅…….

그 속에서 작은 발소리가 천둥소리처럼 크게 울려 퍼졌다.

용우는 유쾌한 미소를 지으며 주변을 둘러보았다.

궁전은 처음의 모습을 흔적도 없이 잃어버렸다. 알현실은 충격으로 산산이 터져 나갔고, 모든 것이 얼어붙어서 산처럼 거대한 얼음으로 뒤덮였다.

그리고 그 바깥으로는 거대한 도시가 펼쳐져 있었다.

원뿔형으로 돌출된 고지대에 위치한 볼더의 웅장한 궁전을 중심으로 원형으로 구축된 도시였다. 규모는 하스라의 도시와 비슷한 수준인 것 같지만 극명한 차이점이 있었다.

도시 전체가 볼더의 알현실처럼 불타고 있었다는 점이다.

하지만 그것도 과거형이었다.

종말급 스펠, 눈보라의 용이 지상에 도달해서 일어난 폭발의 규모는 전략핵에 필적하는 수준이었다.

그만큼이나 거대한 빙결 에너지가 터지자 불꽃의 도시는 얼음의 도시로 변해 버렸다. 뿐만 아니라 도시 바깥으로 펼쳐진 광활한 대지도 모조리 하얗게 얼어붙었다.

쩌저적!

그때 얼음에 균열이 생기면서 진동이 퍼져 나가기 시작했다.

"버텨낸 놈들이 이렇게 많은가?"

용우가 놀랐다는 듯 중얼거렸다.

아마 도시의 주민들은 거의 몰살당했을 것이다. 언데드니까 '몰살'이라는 표현이 어울릴지는 모르겠지만, 어쨌든 하나하나가 강한 존재라고 해도 전혀 예기치 못한 재앙이 인식할 새도 없이 모든 것을 휩쓸었는데 대책이 있겠는가?

하지만 폭심지에 있던 볼더의 호위들은 절반 이상 전투력을 유지하고 있었다.

〈크윽……!〉

텔레포트로 얼음 밖으로 나온 대장 해골 기사가 경악했다.

〈믿을 수가 없군. 정말 군주에게 도전할 만한 실력자란 말인가?〉

빙설의 군주 하스라가 소멸한 것은 군단을 충격에 빠뜨렸다.

하지만 하스라가 죽은 것이 정말 그를 힘으로 누를 수 있는 적에게 당해서라고 여기는 자는 아무도 없었다.

지구에 강림해 있는 동안 허를 찔려서 암살당한 것이다. 무서운 암살자니까 앞으로는 절대 방심해서는 안 된다.

모두가 그렇게 생각했다.

하지만 그것은 크나큰 착각이었다. 대장 해골 기사는 용우가 정말로 군주와 자웅을 겨룰 만한 힘의 소유자임을 알고 전율했다.

〈네 이놈! 대체 정체가 뭐냐?〉

"인류."

〈그럴 리가 없다!〉

"내가 인류가 아니면 뭘로 보이지?"

〈그건 3세계의 인류에게 허락된 힘이 아니다. 어떤 가능성을 쥐었어도 불가능해. 어느 쪽의 탈출자냐?〉

"탈출자? 그건 뭐지?"

용우가 처음 듣는 말에 의아해하자 대장 해골 기사가 이를 갈았다.

〈시치미 떼봐야 소용없다. 종말급 스펠을 아무런 제물도, 매개체도 없이 쓸 정도라면 1세계의 초월권족, 아니면 2세계의 신성한 돌이겠지. 잘도 멸망을 피해서 3세계로 간 모양이군. 2세계의 멸망 때 이번에야말로 그런 사태가 없을 것이라고들 자신하더니만.〉

"……"

용우는 무표정하게 대장 해골 기사를 바라보았다.

하지만 머릿속은 혼란스러웠다.

'이놈이 지금 무슨 소리를 하는 거야?'

2

어비스에서 만난 타락체나 고위 언데드들은 전투 중에 다양한 추측을 낳을 만한 정보를 흘려대고는 했다. 하지만 용우의 기억 속에는 탈출자라는 말은 존재하지 않았다.

1세계와 2세계가 무엇을 의미하는지는 알겠다. 분명 이놈들이 지금까지 침략해서 멸망한 세계일 것이다.

'지구는 3번째라는 뜻.'

3세계라는 명칭은 참으로 알기 쉽지 않은가?

'말하는 뉘앙스를 보니 1세계와 2세계는 멸망했지만 각각의 세계의 인류가 멸살당한 건 아니라는 것 같은데……'

아마도 살아남아서 다른 세계, 이들의 다음 침략 대상이 되는 세계로 탈출한 자들이 있는 모양이었다.

'1세계에서 2세계로 탈출한 자들이 있었고, 이놈들은 2세계를 멸망시킬 때는 더 이상 같은 일이 일어날 가능성을 봉쇄했다고 믿고 있었다.'

짧은 대화만으로도 많은 사실을 짐작해 볼 수 있었다.

'상아인과 암석인이 1, 2세계의 주민이었겠지. 각각의 어비스에서 타락체가 된 건지 아니면 다른 루트를 거쳤는지까지는

알 수 없지만……'

그 사실은 이미 오래전부터 확신하고 있던 바였다.

'재미있군. 그럼 지금 지구에는 이 모든 일들을 한 번 이상 겪어보았고, 그러면서도 이놈들의 편은 아닌 누군가가 있을 수도 있다는 것 아닌가?'

물론 어디까지나 희박한 가능성일 뿐이다. 하지만 용우는 한 번쯤 찾아볼 만한 가능성이라고 여겼다.

"…아무래도 거짓말은 아닌 것 같군."

용우가 중얼거렸다. 일부러 소리 내어 말한 것은 해골 기사들의 반응을 보기 위해서였다.

텔레파시를 전투에 이용하는 놈들을 상대로는 정신파로 진실과 거짓을 분간하기 어렵다. 하지만 말을 던졌을 때의 순간적인 반응을 취합하는 것으로 어느 정도는 윤곽을 잡을 수 있다.

〈한번 허를 찔렀다고 해서 모든 게 네놈 뜻대로 될 거라고 생각하지는 마라. 네놈은 여기서 끝이다!〉

의지를 불사르는 해골 기사의 주변에 해골 기사들이 속속 집결하고 있었다.

"아, 대화는 이제 끝인가?"

그리고 용우의 모습이 사라졌다.

─공허 가르기!

용우가 손날에서 에너지 칼날을 뿜어내면서 허공에다 대고 휘둘렀다.

그러나 에너지 칼날만이 공간을 뛰어넘어서 해골 기사 하나를 갈라 버렸다.

파지지지직!

하지만 해골 기사 역시 격투전에 능한 고위 언데드였다. 놀랍게도 허공장을 강화하고, 추가적으로 방어막 스펠을 구사하면서 그 공격을 받아냈다.

그리고 동료 해골 기사가 용우를 향해 스펠을 퍼붓는데……

쾅!

잘 버티는 것 같았던 해골 기사가 산산조각으로 터져 나가고, 그를 관통하면서 전달된 충격이 동료 해골 기사를 덮쳤다.

잔인하게 상대방을 농락하는 기술이었다. 첫 번째 공격을 상대가 온 힘을 다해서 막아내는 순간, 동일한 타점에서 동일한 파괴력을 중첩시키는 것으로 방어를 깨버리도록 미리 세팅을 해둔 것이다.

〈이런 교활한… 크아아악!〉

막 스펠을 퍼부으려던 해골 기사가 그 충격파에 몸이 터져나가면서 비명을 질렀다.

그리고 그 앞에 용우가 나타났다.

―에너지 드레인!

몸통이 박살 난 해골 기사의 목뼈를 붙잡고 마력을 갈취

한다.

그것을 본 해골 기사들이 일제히 공격을 가했다.

〈그렇게 하게 놔둘 것 같으냐!〉

하지만 그들이 일제 공격을 가하는 순간, 용우가 싸늘하게 웃는다.

대장 해골 기사는 한 박자 늦게 그 의미를 간파했다.

〈멈춰! 가짜다!〉

그는 공격 중지를 지시했지만 이미 늦었다.

용우가 만들어낸 분신은 파괴당하기 전에 신기루처럼 사라지고, 해골 기사들이 퍼부은 공격만이 그 지점에서 요란하게 폭발했다.

콰과과과광……!

용우는 조금 떨어진 지점에서 새로운 스펠을 발하고 있었다.

—찰나의 문!

동시에 용우의 의식이 초가속 상태에 들어갔다.

이미 용우는 가속 스펠들로 정신과 육체, 양쪽의 움직임을 극한까지 가속해 둔 상태다. 하지만 지금 발한 스펠의 효과는 그것을 한참 뛰어넘었다.

그 효과는 정신에 한정되며, 스펠의 유지 시간은 불과 1초.

하지만 사용자의 정신이 체감하는 시간은 그 180배인 3분에 달한다.

─아스트랄 바디!

그 상태에서 용우는 정신체를 육체와 분리하는 스펠을 사용했다.

그로써 마력의 흐름이 육체의 속박을 초월한다. 그러나 마력의 통제권을 가속된 정신이 얻는다 해도, 그 힘이 현실에 적용하는 시간까지 그만큼 빨라지지는 않았다.

─보이드 스택!

용우는 그 문제를 해결하기 위해 또 하나의 스펠을 더했다.

자신이 존재하는 정보세계의 시공간을, 시간의 흐름도 공간적 제약도 초월한 공허의 영역과 연결한다.

그리고 용우가 무시무시한 기세로 스펠을 발하기 시작했다.

이런 식으로 스펠을 쓰면 마력 소모가 엄청나다. 마력 소모에 있어서는 비효율의 극이라고 할 수 있었다.

하지만 상관없다. 전투에 있어서 효율성이란 에너지를 얼마나 아끼냐가 아니라, 투자한 전투 자원으로 얼마나 큰 전술적 이익을 노릴 수 있느냐니까.

그리고 무엇보다 지금의 용우는 이 정도 마력 소모로는 별로 부담도 되지 않았다. 그렇기에 찰나의 문의 효과가 유지되는 180초 동안 무시무시한 수의 스펠이 공허의 영역에 구현할 수 있었다.

"슬슬 잠자는 군주님이 깨어나시는군."

찰나의 문의 효과가 끝나자 용우가 얼음산으로 변해 버린 볼더의 궁전을 보며 중얼거렸다.

쿠구구구구……!

궁전을 집어삼킨 얼음이 격하게 뒤흔들리고 있었다.

그 안쪽에 있는 무언가가 깨어나고 있다.

아득히 먼 어딘가로 날려 보내졌던 정신이 돌아오면서, 마력이 해일 같은 기세로 주변을 휩쓸었다.

지구에서 걸린 속박을 풀어낸 볼더의 의식이 돌아오고 있는 것이다.

'예상대로다. 지금의 내가 잡아둘 수 있는 건 5분이 한계라고 봐야겠어. 문제는 다음에는 어느 정도가 될지 감이 안 잡힌다는 건데…….'

부하들도 다 처치하지 못한 상황에서 볼더가 돌아오는데도 용우는 당황하지 않았다.

이번에도 하스라 때처럼 거저먹을 수 있을 것이라고는 기대하지 않았으니까.

"그럼."

용우는 자신을 노려보는 해골 기사들 앞에서 손가락을 딱 하고 튕겼다.

콰아아아아아아!

그러자 얼어붙은 궁전이 대폭발을 일으켰다.

〈뭣……?〉

해골 기사들이 경악했다.

하지만 그들이 미처 상황을 파악할 새도 없었다. 얼어붙은 궁전, 정확히는 궁전을 얼린 얼음이 산산조각으로 깨져 나가면서 터져 나온 한기 파동이 눈사태처럼 그들을 집어삼켰다.

그 파괴력은 종말급 스펠인 눈보라의 용에 비할 바는 아니었다. 하지만 눈보라의 용과 달리 완전히 허를 찔렀다는 문제가 있었다.

쿠구구구구구!

새하얀 한기가 폭발하는 기세 그대로 휘몰아치는 폭풍이 된다.

〈건방진 놈! 감히! 감히이이이이이이!〉

그 속에서 격노한 볼더의 외침이 울려 퍼졌다.

콰아아아아!

그리고 휘몰아치는 한기 폭풍을 뚫고 섬광이 치솟았다.

초고열의 섬광이 마치 칼날로 케이크를 가르는 것처럼 한기 폭풍을 갈라 버린다. 그러자 얼어붙던 수분이 일순간에 증발하면서 어마어마한 규모의 수증기 폭발을 일으켰다.

수증기 폭발의 규모는 도시 전체를 집어삼키고도 남았다.

그 어마어마한 규모에 비하면 파괴력이 떨어지지만, 지금 상황에서는 따지는 게 무의미한 일이다. 이미 용우에 의해 얼어붙었던 도시가 수증기 폭발에 휘말려서 초토화되고 있었다.

〈감히 나를 농락하다니! 죽지도 살지도 못하고 영원히 불타게 만들어주마!)

머리끝까지 화가 치밀어 오른 볼더가 이성을 잃고 길길이 날뛰었다.

거세게 팽창하는 거대한 수증기의 군집 안쪽에서 초고열이 타오른다. 초고열의 섬광이 칼처럼 수증기를 가르는 것을 보며 용우는 눈살을 찌푸렸다.

'이거 생각보다……'

볼더의 마력이 용우가 짐작한 것보다 더 강했다.

하스라의 경우는 진정한 힘을 보지 못하고 끝내 버렸다. 허를 찔러서 코어만 남은 상태로 만든 데다가, 제대로 전투태세를 갖추기도 전에 코어를 부숴 버렸으니까.

'예상이 빗나갔군. 이놈, 나보다 마력이 위잖아?'

용우는 그 사실이 어이가 없어서 실소했다.

지금의 용우는 스스로가 기억하는 한 가장 강했던 순간을 재현하고 있다.

어비스에서 최후의 한 명이 되었던 그 순간, 종반까지 살아남았던 자들을 죽이고 그 힘을 흡수했을 때.

용우가 최후의 전투에서 이길 방법을 찾지 못했던 것은 어디까지나 적의 수가 너무 많았기 때문이다. 단일 개체로 용우의 상대가 되는 몬스터는 존재하지 않았다.

그런데 볼더의 마력은 용우를 능가하는 게 아닌가?

'심지어 저게 최대치도 아니지.'

하스라 때와 달리 용우는 볼더가 돌아오기 전까지 부하들하고만 싸우고 있었다.

그렇지만 볼더에게 아예 타격을 주지 못한 것은 아니다. 종말급 스펠 눈보라의 용이 작렬했을 때도 그렇고, 얼어붙은 궁전을 폭발시켰을 때도 볼더는 타격을 입었을 것이다.

그 부상을 회복하기 위해서 상당량의 마력을 소모했을 텐데도 마력이 지금의 용우를 능가한다.

'확실히 이놈들이 온전한 상태로 지구에 온다면 대책이 없다.'

7군주… 아니, 현재 살아남은 6군주 전원이 강림할 것까지도 없다.

하나만 강림해도 지구 인류는 끝장이다.

쿠구구구구구!

그리고 수증기가 갈라지면서 그 속에서 전신에 불길을 휘감은 해골의 군주, 볼더가 걸어 나왔다.

〈정체가 뭔지는 묻지 않으마. 어차피 1세계나 2세계에서 기적적으로 살아남은 떨거지일 테니! 영겁의 불 속에서 자신의 과오를 후회해라!〉

콰과과과광!

볼더가 노성을 지르자 무차별 폭격이 시작되었다.

사방팔방에서 불꽃이 춤추고, 고열의 에너지탄들이 초당 수십 발이나 떨어져서 폭발한다.

그리고 그렇게 해서 발생한 열과 불꽃이 볼더에 의해서 통제되면서 주변의 기온이 급상승하기 시작했다.

―초열결계(焦熱結界)!

화염이 소용돌이치며 주변을 포위하는 장막이 된다.

그리고 그 안은 숨 쉬는 순간 몸 내부부터 불타 죽어버릴 만큼 고열이 지배하는 공간으로 화했다.

〈자…….〉

절대적으로 유리한 전장을 구축한 볼더가 의기양양해하는 순간이었다.

쩌적……!

그의 바로 앞 공간에 균열이 발생하면서 유리가 깨져 나가는 것 같은 소리가 울렸다.

―보이드 바운드! 에너지 컨버전!

그리고 균열로부터 빛이 쏟아져 나왔다.

본래는 초고열의 에너지 격류가 쏟아져 나오지만 이번에는 달랐다. 깨진 공간 너머에서 쏟아지는 것은 한없이 절대영도에 가까운 한기의 격류였다.

콰아아아아아아아!

한기가 노도와 같은 기세로 폭발한다.

그것은 마치 세계를 덧칠하는 것 같은 광경이었다.

조금 전까지만 해도 온통 불타오르던 세계가 한순간에 식어가면서 그 모습을 바꿔간다. 수십 킬로미터에 달하는 영역이 휙휙 모습을 바꾸는 것은 초현실적인 공포였다.

그리고 그 격류 속을 유유히 걸어가고 있는 남자가 있었다.

ㅡ공허 문지기!

용우가 공간 간섭계 스펠에 대한 카운터를 발하자 텔레포트로 진입해 들어오려던 볼더의 부하들이 죄다 나가떨어졌다.

ㅡ공허 가르기!

그리고 용우가 발한 에너지 칼날이 공간을 넘어 볼더의 팔을 가르고 지나갔다.

하지만 허공장이 워낙 견고해서 용우의 일격으로도 스파크가 튀겼을 뿐, 뚫리지는 않았다.

〈음……!〉

볼더가 신음했다.

그는 완벽하게 잡았다고 생각한 우위가 깨졌는데도 당황하지 않았다. 오히려 그 전까지 스스로를 지배하던 분노를 가라앉히고 차가운 눈으로 용우를 관찰하고 있었다.

쾅!

용우가 공간을 뛰어넘어서 볼더를 덮쳤다.

폭음이 일면서 용우의 팔꿈치가 볼더의 머리 위를 찍는다.

볼더는 반응하지 못했다. 하지만 용우의 공격도 그에게 닿지 못했다.

파지지지직!

볼더의 주변에는 불길에 휘감긴 돌 조각들이 떠다니고 있었는데, 이것이 놀라운 속도로 움직이면서 용우의 공격을 막아낸 것이다.

심지어 하나가 막아내는 동안 다른 것들이 용우를 공격하기까지 했다.

투학!

용우는 아슬아슬하게 그것들을 쳐내면서 물러났다.

화아아아아악!

그리고 물러나는 용우에게 볼더가 한 지점으로 집중시킨 초고열의 광선을 쏘아내었다.

용우는 몸을 날려서 피했지만, 볼더는 그것을 마치 무한히 늘어나는 검처럼 휘둘러서 용우를 때렸다.

—오버 커넥트!

용우는 워프 게이트를 열어서 그것을 피하면서 동시에 반격했다.

—빙결폭(氷結爆)!

극저온의 냉기를 발하는 광선이 사방에서 볼더를 덮친다.

하지만 볼더는 그것을 쉽게 막아낸다. 공간왜곡장을 펼쳐서 냉기 파동이 비껴가게 만들고 무수한 불꽃의 구체를 띄워서 충돌시킨다. 그러자 다시금 초고열의 파동이 사방을 강타하면서 초열결계가 회복되었다.

그리고 다시금 용우와 볼더가 대치했다.

쿠과과과광……!

그 주변이 폭발로 물들었다.

뇌격과 폭염이 부딪치고, 대지가 일어나 불꽃을 집어삼키고, 극저온의 한기가 입을 벌린 괴물처럼 주변의 모든 것을 하얗게 덧칠해 간다.

'무턱대고 힘만 휘두르는 바보가 아니다.'

용우와 볼더의 전투는 그저 막대한 힘의 충돌이 아니었다. 그것을 효율적으로 사용할 수 있는 자들끼리의 기술전이기도 했다.

용우는 자신이 볼더를 얕봤다는 사실을 인정할 수밖에 없었다.

지구에서 각인된 이미지 때문에 힘만 믿는 바보인 줄 알았다. 그런데 그것은 그릇의 성능에 따라 권능이 제약되기 때문이었고, 본신으로 싸우면 막대한 힘을 효율적으로 쓸 줄 아는 존재였던 것이다.

볼더가 허공으로 떠올라서 용우를 내려다보며 입을 열었다.

〈놀랍군. 신성한 돌은 이렇게 스펠을 능수능란하게 다루지 못하지. 역시 초월권족인가?〉

"정체는 묻지 않는다더니?"

〈생각이 바뀌었다. 제안을 하지.〉

볼더의 눈, 해골의 눈구멍 안쪽에서 강렬한 빛이 번뜩였다.

〈나의 신하가 되어라. 그러면 지금까지의 죄는 불문에 붙이

도록 하지.〉

3

"⋯⋯."

순간 용우는 말문이 막혀 버렸다. 설마 이런 소리를 들을 줄이야?

〈두 번 제안하지 않을 것이다. 네 가치가 어쨌든 너는 감히 군주를 해한 대죄인이기 때문이지. 내가 너를 거두기 위해서는 군단에 그만한 대가를 치러야만 한다.〉

"⋯후우."

용우가 한숨을 쉬었다. 그리고 노골적으로 짜증을 드러내며 말했다.

"설마 내가 그걸 받아들일 거라고 생각하고 지껄인 거냐?"

〈후후, 역시 그렇게 나오는가? 분통이 터지는구나. 나의 군대와 나의 백성을 이만큼이나 잃었는데 그저 너를 지옥불에 던져놓는 것밖에 할 수 없다니⋯⋯.〉

볼더가 웃었다. 하지만 그 웃음 너머에서 짙은 분노와 슬픔이 묻어나왔다.

용우는 그 사실이 유쾌했다. 이놈들에게도 잃으면 아픈 것이 있다. 그 사실이 기뻐서 이를 드러내며 웃었다.

'그렇다면 더욱 아프게 해주지. 비통함에 몸부림칠 수 있

도록!'

지구 인류가 수도 없이 겪어온 아픔을 이놈들에게도 돌려
줘야 하지 않겠는가?

〈확실히 너는 군주에게 도전할 자격이 있다.〉

볼더는 용우의 전투 능력에 감탄했다.

마력으로 비교하면 그가 확연히 우위를 점하고 있다. 권능
역시 마찬가지일 것이다.

그런데도 볼더는 용우를 상대로 우위를 점하지 못했다. 오
히려 약간 밀리는 감이 있었다.

〈그러나 그게 승산이 있다는 의미는 아니지. 군주가 왜 군
주라 불리는지 깨닫게 해주마.〉

화아아아악!

볼더가 초열 필드를 거두었다. 사방에 휘몰아치던 열기가
그를 향해 빨려 들어간다.

용우는 기다려 주지 않았다.

―워 드레스!

푸른 불길 같은 기운이 전신을 휘감았다. 동시에 용우의 마
력이 거의 볼더에게 필적하는 수준까지 상승했다.

용우만이 아니라 이비연도 보여주었던 마력 증폭 기술이다.

어비스 하반기에 탄생한 이 기술은 배틀 서클보다 출력 증
폭도는 떨어지지만 훨씬 안정적이고 마력 소모율이 적었다.

―사냥꾼의 축복 12연쇄!

그의 앞에 에너지탄의 위력을 증폭시키는 빛의 고리 12개가 나타나서 볼더를 향해 나란히 배치되었다.

—유성의 화살!

그리고 원거리 사격계 스펠 중에서 최고의 탄속과 위력을 자랑하는 스펠이 발동했다.

용우의 손끝에서 발사된 광탄은 발사 순간 극초음속에 도달, 그 앞에 배치된 광륜을 통과하자 그 수십 배로 초가속해서 볼더를 때렸다.

콰아아아아아!

대폭발이 그 자리를 집어삼켰다.

"큭……!"

그리고 곧바로 연속 공격에 들어가려던 용우가 휘청거렸다.

〈음흉한 놈……!〉

볼더가 신음 섞인 목소리로 말했다. 설마 용우에게 마력을 자신과 대등한 수준까지 끌어올리는 수법이 있었을 줄이야.

하지만 그도 방심하지는 않았다. 용우가 공격하는 순간 반격할 수 있도록 준비해 두었던 것이다.

〈와라, 불꽃의 군단! 놈에게 공포를 가르쳐 주어라!〉

그리고 그가 초열결계를 거둬들인 노림수가 발휘되었다.

아직까지 전투 수행이 가능한 해골 기사 37명이 다가오고 있었다.

"…여기까진가."

용우는 그들을 보며 헛웃음을 지었다.

볼더는 단순히 해골 기사들을 불러들이기만 한 게 아니었다. 그들 하나하나가 볼더의 권능을 나눠 받고 힘이 폭증한 상태였다.

볼더가 승리를 장담할 만도 했다. 저 힘이 볼더와 완벽하게 연계되기까지 한다면 방금 전과는 비교도 안 되는 위협이리라.

'이런 것까지도 정말 비슷하군. 완벽하게 짝을 이루고 있어.'

용우는 그것을 보며 허우룽카이의 힘을 나눠 받은 팔라딘과 셀레스티얼들을 떠올렸다.

〈도망갈 생각은 버려라. 이미 퇴로는 막혔느니.〉

볼더는 용우가 현실세계로 도망칠 경우를 염두에 두고 퇴로를 막아버렸다.

〈너는 영원히 지옥불 속에서 고통받게 될 것이다.〉

볼더가 그렇게 선언하며 아공간에서 무언가를 꺼냈다.

그것은 투명한 재질로 만든 창이었다. 빙설의 창과는 달리 얼음 같다는 느낌은 들지 않는다. 흠집 하나 없는 유리 공예품에 가깝다.

〈오라, 나의 백성들이여! 복수를 위한 칼날이 되어라!〉

그리고 사방에서 으스스한 귀곡성이 울려 퍼지면서 희뿌연 빛들이 볼더에게, 정확히는 그가 들고 있는 투명한 창에 모여들기 시작했다.

그것을 본 용우의 눈동자가 흔들렸다.

'저건 뭐야? 설마?'

상대가 뭔가 위험해 보이는 짓을 하려고 하는데 그냥 보고만 있는 것은 바보짓이다. 곧바로 공격해서 방해해야 할 것이다.

하지만 용우는 그런 전투 원칙을 지키지 못했다. 볼더가 하는 짓이 그에게도 굉장히 의미심장했기 때문이다.

용우의 종말급 스펠에 의해 소멸한 언데드 주민들, 그들의 영혼이 볼더가 든 투명한 창으로 모여들고 있었다.

화르르륵……!

투명한 창이 불꽃 그 자체로 화한다. 그것을 쥔 볼더의 마력이 현격히 상승하기 시작했다. 본신의 마력만으로도 종말이라 불릴 만한 권능의 소유주인데 거기서 더욱 강해지는 것이다.

용우는 볼더의 창에서 '복수'라는 목적성으로 정련된 의지를 느끼고 전율했다.

'저거라면… 가능해.'

하지만 그 위력을 두려워해서는 아니다. 죽 머릿속에 존재하던 실낱같은 희망이 실체화되는 것을 느껴져서였다.

"하하하하……."

〈음? 뭐가 우습지?〉

"고맙다, 볼더."

〈뭐?〉

용우가 갑자기 웃으며 감사 인사를 하자 볼더는 당혹감을 느꼈다.

"네 덕분에 시행착오가 혁신적으로 줄어들 것 같군. 앞으로 세 번 정도는 무슨 피해가 있더라도 감수하며 싸울 각오도 했었는데… 그럴 필요가 없겠어."

볼더 입장에서는 무슨 소리인지 알 수가 없는 이야기였다.

물론 용우도 그가 알아듣기를 기대하지 않았다. 설명할 생각도 없었다.

〈쳐라!〉

잠시 용우를 쏘아보던 볼더가 공격 명령을 내렸다. 전신에서 폭염을 발하는 해골 기사들이 일제히 달려들었다.

콰아아아아아!

그리고 가장 먼저 공간을 넘어서 뛰어든 3명이 산산조각 나서 흩어졌다.

〈아니?!〉

그 뒤를 따르던 해골 기사들이 주춤할 때였다.

파아아아아아!

용우가 있는 자리에서 섬광이 치솟았다.

굵직한 섬광이 하늘까지 뻗어나가서 구름을 관통한다. 하늘과 땅을 잇는 빛의 선이 그어지고 그 주변에서 극저온의 한기 파동이 터져 나갔다.

가까이 다가간 해골 기사들이 한순간에 얼음 기둥으로 화해서 터져 나가는 가운데, 볼더만이 그 정체를 알아보고 외쳤다.

〈기둥!〉

빛의 기둥 한가운데서 용우가 칠흑의 양손 대검을 쥐고 서 있었다.

*   *   *

하스라를 처치했을 때, 용우는 종말의 군단에 대해서 많은 것들을 알게 되었다.

그리고 다음번에 또 다른 군주를 처치하기 위해서 많은 것을 준비했다.

그중 하나가 장비의 구현이었다.

성좌의 무기들을 여럿 손에 넣은 시점에서, 용우는 제한적으로 정보세계를 구현하는 것조차 가능해졌다. 즉, 다시금 정보세계에 오는 상황을 상정하고 여러 가지 테스트와 훈련을 해볼 수 있었던 것이다.

현대 무기들은 고도로 발달된 기술의 산물이기에 정보세계로 가져올 수 없다. 혹시나 하는 기대감으로 그 구조와 원리를 공부해 봤지만 구현에는 실패했다.

그런 반면 별다른 노력 없이도 구현할 수 있는 것들도 있었다.

바로 성좌의 무기와 아티팩트였다.

그것들은 정보세계에서도 자연스럽게 쓸 수 있었던 것이다.

〈그럴 리가…….〉

볼더는 놀람을 감추지 못했다.

성좌의 무기가 온전한 모습으로 그들의 세계에 모습을 드러내는 것은 있을 수 없는 일이었기 때문이다.

"뭐가 그럴 리가 없다는 거지?"

빙설의 창의 형태를 바꾼, 칠흑의 양손 대검을 든 용우가 싸늘하게 미소 지었다.

〈대체 무슨 방법을 쓴 것이냐? 열쇠도 없이 기둥을 이 세계로 온전히 가져올 수 있을 리 없어!〉

볼더는 도저히 의문을 참지 못하고 물었다.

종말의 군주들은 지상에 강림할 때 온갖 제약을 강요받는다. 그리고 이런 제한은 그들에게만 존재하는 게 아니다. 구세록의 계약자들이 그들의 세계에 강림할 때도 온갖 제약을 받게 된다.

적어도 그들이 아는 규칙대로라면 그랬다.

'그랬던 거군.'

용우는 비로소 자신이 구세록과 성좌의 무기에서 느낀 꺼림칙함의 정체가 뭔지 알 것 같았다.

'구세록과 계약한다는 것은… 쌍방에 적용하는 억제력을

받아들인다는 뜻이었나.'

종말의 군단의 제약이 느슨해진 것은 아마도 용우가 구세록의 계약을 거부한 반동일 것이다.

'역시 내 선택이 옳았다.'

서로가 비슷한 제약을 받는 상황에서 한쪽이 일방적인 정보 우위를 쥐고 있는 것이다.

언뜻 보면 게임의 규칙이 공정해 보일지 모르겠지만, 사실은 한쪽을 위한 판을 깔아놓은 것이나 마찬가지다. 이런 상황에서 그들만이 아는 규칙을 준수하며 싸워봤자 패배의 수렁으로 몰릴 뿐이다.

"내가 말했지."

용우가 코웃음을 쳤다.

"치팅한 게임을 즐기는 기분으로 즐거워하는 게 얼마나 큰 착각인지 가르쳐 주겠다고."

이제 서로의 입장이 바뀌었다.

용우의 눈이 빛나면서 칠흑의 양손 대검이 빛 그 자체로 화하기 시작했다.

〈그건 하스라의?〉

그것을 본 볼더가 떨리는 목소리로 물었다.

용우는 빙설의 창을 변형시킨 양손 대검에 하스라 코어를 합쳐서 마력을 한층 더 높이고 있었던 것이다.

"타는 쓰레기들의 군주, 약자의 싸움을 할 준비는 됐나?"

용우의 마력이 끝을 모르고 상승한다. 마력 증폭기인 워 드레스를 쓸 것도 없이 볼더의 마력을 훨씬 상회하고 있었다.

뿐만 아니다.

고오오오오오오!

환경이 급변하기 시작한다.

볼더가 일으킨 열기에 타오르던 세계가 하얗게 얼어붙은 동토로 변해간다.

〈크윽……!〉

입장이 완전히 역전되었다. 그 사실을 깨달은 볼더가 신음했다.

〈호락호락 당해줄 것 같으냐!〉

"한 번도 그렇게 생각한 적 없어. 그러니까 이렇게 열심히 준비를 해왔잖아?"

어깨를 으쓱하는 용우에게 해골 기사들이 공격을 퍼부었다.

섬광과 폭염이 해일처럼 용우를 노린다.

─화염포식자! 24연쇄!

그리고 그 모든 것이 허공에 나타난 24개의 광점으로 빨려들어가서 사라졌다.

〈아니?!〉

그들이 경악하는 순간, 연달아서 대규모 스펠이 발동하기 시작했다.

―염동빙결탄(念動氷結彈) 동시다발(同時多發)!

극저온의 한기가 농축된 에너지탄 수백 발이 극초음속으로 쏟아져 나간다.

―얼음꽃!

한 발 한 발이 전술핵에 필적하는 파괴력을 지닌 빙결 폭탄 수십 발이 주변을 폭격했다.

콰콰콰콰콰콰!

충격파와 냉기가 거세게 폭발하는 가운데, 그 상황을 기다렸다는 듯 발동하는 연계 스펠들이 있었다.

―얼음정령의 춤!

한기 속에서 태어난, 아름다운 얼음조각상 같은 존재들 수만 개체가 해골 기사들에게 달려들었다.

―눈보라의 군단!

그리고 흔들리는 대지에서 얼음으로 이루어진 거구의 전사들이 수천 명이 나타나 해골 기사들에게 돌격했다.

〈이럴 수는 없어!〉

대장 해골 기사가 경악했다.

아무리 마력이 강하다 해도 이럴 수는 없다. 집중해서 마력을 가공하는 과정이 전혀 없이 대규모 스펠을 수십 개나 한꺼번에 쓰다니 어떻게 이럴 수가 있는가?

물론 아무리 용우라도 그럴 수는 없다.

볼더가 돌아왔을 때를 대비해서 공허의 영역에 저장해 두었던 스펠들을 한꺼번에 해방했을 뿐이다.

그리고 그 화력은 전장을 제압당한 그들이 도저히 당해낼 수 없을 정도로 어마어마했다.

〈크아아아아악!〉

해골 기사들이 하나하나 쓰러져 갔다.

이런 상황에서조차 서로 힘을 합쳐서 버텨내는 것은 그들이 얼마나 강력한 존재인지를 보여준다. 그러나 더욱 압도적인 힘 앞에서는 소용이 없었다.

〈으아아아아아아아!〉

무참하게 쓰러져 가는 부하들의 모습에 볼더가 격노했다.

부하들이 몸을 던져가며 보호해 주는 틈에 힘을 모은 그가 용우에게 돌진했다.

콰아아아아아아!

불꽃 그 자체로 화한 볼더의 찌르기가 용우의 양손 대검에 막혔다.

"어떠냐, 약자가 된 기분은?"

용우가 볼더를 비웃었다.

쾅!

서로 무기를 맞댄 상태에서 균형을 비틀어서 허점을 만든 뒤 발차기를 꽂아 넣는다.

볼더의 허공장이 깨져 나가며 충격이 그를 관통했다.

"전투 경험이 많아봤자 항상 강자의 입장에서 상대를 찍어 누르는 식이었겠지. 힘으로, 그게 아니면 머릿수로."

우위를 점한 채로 상대가 뛰어들어 오기를 기다렸다가 요격하는 솜씨는 뛰어났다. 그러나 반대로 상대에게 뛰어들어야 하는 상황이 되자 미숙함이 드러난다.

파악!

용우가 내려친 검이 볼더의 오른손을 잘라 버렸다.

볼더가 허공장을 변화시켜서 용우의 검면을 밀어내면서 왼손을 뻗었다.

화아아아아아악!

활화산 같은 폭염이 터졌다.

—화염포식자!

동시에 용우가 이런 상황에서 자동으로 발동하게 설정해 둔 스펠이 발동했다.

산을 날려 버릴 위력의 폭염이 허공의 한 지점으로 빨려들어 가서 소멸한다.

—라이트닝 블로!

그리고 뇌전을 휘감은 용우의 발차기가 볼더의 몸통에 꽂혔다.

허공장이 직격을 막아줬지만 충격과 뇌전이 그 몸통을 관통했다.

꽈과과광!

볼더의 몸을 관통한 충격파가 수 킬로미터에 달하는 대지를 뒤집으면서 폭발했다.

"안 그래?"

용우는 그런 폭음 속에서 아무렇지도 않게 말을 이었다.

〈크윽!〉

볼더의 안광이 불타올랐다. 그러자 그의 주변을 떠다니는 불타는 암석으로부터 일제히 초고열의 광선이 발사되었다.

그러나 용우는 허공장을 변형시켜서 그것을 비켜내면서 양손 대검을 휘둘렀다.

콰과과과과!

불꽃의 창과 칠흑의 양손 대검이 부딪히면서 대지가 깨져 나간다.

〈불꽃의 지배자시여! 물러나서야 합니다!〉

그 대치 상황을 깬 것은 대장 해골 기사였다.

그가 끼어들자 용우는 볼더를 찍어 누르길 포기하고 물러날 수밖에 없었다.

그럴 수밖에 없는 것이, 그는 아직까지 소멸하지 않고 남아 있는 해골 기사들의 힘을 하나로 모아서 자신의 힘을 폭증시키고 있었기 때문이다.

볼더가 군주의 권능으로 힘을 공유해 준 해골 기사들의 힘을 하나로 모으니, 그의 마력은 거의 볼더의 본신 마력과 필적하는 수준까지 상승해 있었다.

"이것까지도 똑같다니 진짜 기가 막힌데?"

용우가 대장 해골 기사를 보며 어이없다는 듯 웃었다.

허우룽카이가 셀레스티얼, 팔라딘들을 통해서 힘을 증폭시 킨 것과 똑같은 수법이었다. 심지어 한데 뭉친 해골 기사들에 게 파멸이 예고된 과부하가 걸린다는 것까지도 똑같았다.

대장 해골 기사가 외쳤다.

〈제가 이놈을 붙잡아놓겠습니다! 다른 군주의 영지로 피하 십시오!〉

〈나보고 내 영지를 포기하는 수모를 당하란 말이냐? 웃기 지 마라! 이대로 놈을 처치할 것이다!〉

〈지금은 물러날 때입니다! 한때의 굴욕을 참지 못해 목숨 을 버리려 하시다니, 군주로서의 사명마저 잊으신 겁니까!〉

대장 해골 기사의 호령에 볼더가 움찔했다. 그 말이 그에게 무언가를 깨닫게 한 것 같았다.

〈…반드시 이 굴욕을 갚아줄 것이다.〉

〈믿겠습니다. 마지막에 이기는 것은 우리입니다. 당신께서 왕의 길의 끝에 도달하여, 영원의 땅에서 다시 뵐 날을 기대 하겠나이다.〉

볼더는 이를 악물고 텔레포트로 전장을 이탈했다.

"재미있는 촌극이로군."

용우의 비웃음이 들려오기 전까지는 그럴 수 있다고 생각했다.

〈이럴 수가…….〉

텔레포트가 실패했다.

안티 텔레포트 필드가 아니라, 세계 전체를 감싸는 것 같은 거대한 장막이 그 바깥으로 나가는 것을 막고 있었다.

〈기둥 둘을 동시에 다루고 있었다고?〉

볼더는 그 원흉을 알아채고 몸을 떨었다.

아득한 천공에서 거대한 힘을 발하는 무언가가 있었다. 볼더의 영지, 불꽃의 군주가 지배하는 세계를 외부와 격리해 버린 그것은 바로 성좌의 무기 대지의 로드였다.

하스라 코어를 둘로 나눠서 한쪽은 지금 쓰는 빙설의 창에, 한쪽은 천공을 나는 대지의 로드에 합쳐서 양쪽을 동시에 컨트롤하는 도구로 쓰고 있었던 것이다.

"이제 알았겠지?"

용우의 입가에 머금은 미소가 한층 더 짙어졌다.

"도망칠 생각은 버려라. 퇴로는 없어."

충격에 빠진 볼더에게, 용우는 그가 했던 대사를 고스란히 돌려주었다.

4

용우는 하스라를 해치웠을 때의 기억을 되새기면서 한 가지 이질감을 느꼈다.

종말의 7군주의 힘은 인류가 규격화할 수 있는 수준을 넘어서 있다.

그토록 거대한 힘을 지닌 존재가 지구상에 출현한다면, 용우는 설령 지구 반대편에 있다고 해도 그 사실을 알 수 있을 것이다.

그런데 하스라를 죽였을 때, 용우가 맞이한 적의는 그의 영지에 살고 있던 언데드들의 것뿐이었다. 다른 군주들의 개입은 전혀 없었던 것이다.

그때는 하스라를 해치우고 나서 시간이 얼마 지나지 않았으니 아직 알아차리지 못했으리라 여겼다.

하지만 지구로 돌아와서 곰곰이 생각해 보니 그게 아님을 알 수 있었다.

용우와 하스라가 격돌한 시점에서, 그것을 군주들이 눈치채지 못하는 건 말도 안 된다. 이상을 눈치챈 그들이 관측 수단이라도 배치했어야 정상이었다.

그런데 그런 조치조차 없었던 건 어째서였을까?

'놈들의 세계는 하나가 아니다.'

군주들의 영지는 각각이 하나의 세계나 다름없었다.

정보세계이기에 가능한 일이다. 군주들의 영지는 단지 물리적인 거리가 먼 것이 아니라 아예 다른 세계였고, 서로의 영역을 엿보거나 오가는 데 크나큰 제약이 존재했던 것이다.

*   *   *

대장 해골 기사가 외쳤다.

〈일단 피하십시오! 영지 전체를 봉쇄하는 게 그렇게 쉬울 리 없습니다! 구멍을 낼 수 있을 것입니다!〉

"좋은 판단이야."

그 앞에 용우가 나타났다. 대장 해골 기사가 폭염의 검을 휘둘렀지만, 용우는 마치 그 공격이 존재하지도 않는 것처럼 피해서 품으로 파고들었다.

—라이트닝 블로!

천둥소리가 울리며 대장 해골 기사의 갑옷이 터져 나갔다.

〈어, 어째서……?〉

경악하는 대장 해골 기사에게 용우의 발차기가 꽂혔다. 대장 해골 기사는 텔레파시로 용우를 압박하면서 반격하지만…….

쾅!

아무런 의미도 없다. 어느새 그의 공격을 피해서 거리를 좁힌 용우의 검격이 몸통을 가르고 지나갔다.

"약자가 되어본 적이 없으니 그렇지."

용우가 그를 비웃었다.

볼더도, 대장 해골 기사도 그저 힘만 믿고 날뛰는 무식한 자들이 아니다. 그들은 자신이 지닌 힘을 세련된 기술로 활용하고 있었다.

문제는 그 기술이 편중된 경험을 기반으로 구축되었다는 점이다.

그들은 철저한 약자가 되어본 적이 없다.

부족한 힘으로 자신보다 훨씬 강한 존재를 쓰러뜨려야만 하는 상황에 처한 적이 없다.

그들의 기술은 강자의 입장에서 상대를 찍어 누르는 데 특화되어 있다. 변칙이 필요 없는 자들이 정공법을 날카롭게 갈고닦은 것이다.

그에 비해 용우의 기술은 철저하게 약자의 입장에 근본을 두고 있다.

게다가 약자의 입장만을 아는 것도 아니다. 용우는 서로 대등한 자들끼리의 싸움을 알고, 강자로서 약자를 찍어 누를 때의 싸움도 안다.

무엇보다 용우의 기술은 그 혼자만의 역사가 아니다.

어비스의 불가사의한 법칙은 용우를 사람이 태어나서 죽을 때까지 노력해도 도달할 수 없는 영역에 올려놓았다.

어비스에서 누군가를 죽일 때마다, 살아남은 자는 강해졌다.

그저 힘이 모이는 것이 아니다. 마치 인간 그 자체를 녹여서 다른 인간에게 합쳐놓은 것 같은 과정이다.

그 결과 용우는 그저 타고난 것만으로는 얻을 수 없는 것을 얻었다.

그저 노력하는 것만으로는 이룰 수 없는 능력을 얻었다.

그저 경험하는 것만으로는 깨달을 수 없는 감각을 얻었다……

최후의 생존자인 용우야말로 어비스에 존재했던 24만 명이 이룬 성과의 정수였다.

—공허 가르기!

공간을 뛰어넘은 용우의 검격이 대장 해골 기사를 끝장내고 그 뒤의 볼더까지 덮쳤다.

볼더가 아슬아슬하게 텔레포트로 몸을 피했다.

콰과과과과과과!

공간을 뛰어넘은 에너지 칼날이 대지에 2킬로미터에 달하는 상흔을 남겼다.

찌이이잉!

그리고 5킬로미터 상공으로 도망친 볼더의 사고에 날카로운 노이즈가 발생했다.

〈이… 런……?〉

볼더는 용우가 걸어둔 텔레파시 함정에 걸렸음을 깨닫고 전율했다. 텔레포트로 회피하는 것을 방아쇠 삼아서 발동하도록 설정한 함정이었던 것이다.

'이, 이놈은 대체?'

그리고 그가 주춤하는 틈에 그 위에 나타난 용우가 양손대검을 내려쳤다.

꽈아아아아앙!

천둥소리보다도 큰 폭음이 울려 퍼졌다.

그리고 초음속으로 튕겨 나온 볼더가 대지에 처박히고, 그 위로 용우가 쏘아낸 극저온의 한기가 농축된 광선이 내리꽂혔다.

콰콰콰콰콰……!

한기가 원형으로 퍼져 나가면서 수십 킬로미터 일대를 다시금 동토로 바꾼다.

─에너지 컨버전!

대지에 처박힌 채 한기 광선을 직격당하던 볼더가 반격했다.

퍼져 나가던 한기가 열기로 바뀌고, 그 열기가 공간왜곡장 안에서 한 지점으로 집중되더니 초고열의 광선으로 화해 용우를 향해 쏟아져 나갔다.

파아아아아!

그 광선이 단번에 하늘의 구름을 관통했다. 구멍이 뚫린 지점으로부터 퍼져 나간 열기가 온 하늘을 불태웠다.

하지만 용우는 연속 블링크로 회피하면서 반격을 준비하고 있었다.

〈놓치지 않는다!〉

볼더는 안티 텔레포트 필드를 펼쳐서 용우의 회피 기동을 차단하고, 하늘을 관통한 초고열의 섬광을 검처럼 휘둘렀다.

콰과과과과과!

하늘을 둘로 갈라 버리는 일격이었다.

지평선 너머까지 그어진 빛의 선이 폭발하면서 세계가 뒤흔들렸다.

—필드 디스펠!

그러나 그 폭발이 다 퍼져 나가기도 전에, 용우가 발한 스펠이 안티 텔레포트 필드의 중심축을 때려서 와해시켰다.

—공허 가르기!

공간을 뛰어넘어서 날아든 참격이 볼더의 다리를 가르고 지나갔다. 허공장이 뚫리면서 그의 왼다리가 반쯤 잘려 나갔다.

그리고 그 앞에 용우가 나타나서 칠흑의 양손 대검을 내려쳤다.

볼더는 불꽃의 창을 들어 그 공격을 막아냈고…….

콰아아앙!

폭음이 울리는 가운데, 자신이 치명적인 실수를 했음을 깨달았다.

'가짜!'

분명히 용우가 뛰어들어 와서 그에게 검을 내려쳤다. 혼신의 힘을 다해 막지 않으면 그대로 두 동강 날 것 같은 그런 위력이 담긴 일격이다.

그런데도 이상할 정도로 현실감이 옅었다.

—몽환포영(夢幻泡影)!

그 모든 것이 정교하게 세공된 텔레파시가 빚어낸 환각이었기 때문이다.

'당했다! 완벽하게…….'

볼더는 손쓸 도리 없는 절망감을 느끼며 옆을 돌아보았다.

불꽃과 연기가 혼돈을 채색하고 있다. 그 너머에 무엇이 있는지 보이지 않는다.

그러나 종말의 군주인 볼더의 눈은 그 너머에서 자신을 보는 자를 본다.

'이것이…….'

푸른 불길을 휘감은 서용우가 그를 향해 검 끝을 겨누고 있었다.

'내 마지막인가.'

그 앞쪽에 배치된 광륜이 24개라는 것을 눈치채는 순간, 검 끝에서 섬광이 번쩍였다.

—유성의 화살!

그리고 빛의 탄환이 볼더를 꿰뚫었다.

……!

일순간 모든 것이 하얗게 물들었다.

색도, 소리도, 윤곽조차도 없는 모든 것의 공백.

그 속에서 볼더의 웃음소리가 터져 나왔다.

〈하, 하하하하하!〉

빛이 흩어지면서 다시금 세계의 모습이 드러난다.

그 한복판에 볼더가 있었다.

〈너는 대체 뭐냐, 군주 사냥꾼?〉

승패는 갈렸다.

파지지직……!

볼더의 몸통 한복판, 인간이라면 심장이 있을 위치에 존재
했던 코어가 깨져서 그로부터 누출된 에너지가 스파크를 일
으키고 있었다.

〈이제는 알겠다. 너는 1세계나 2세계의 탈출자 따위가 아니
야…….〉

"처음부터 아니라고 했는데. 진실을 말해도 듣는 놈이 멍청
해서 믿어주지 않는다는 건 슬픈 일이지."

공간을 뛰어넘어 나타난 용우가 볼더를 비웃었다.

볼더는 처참한 몰골이었다.

의복은 전부 소멸했으며, 두개골은 반쯤 깨져 나갔고, 그 아래로는 반도 안 남은 뼈의 조각들이 보이지 않는 힘으로 얼기설기 붙어 있을 뿐이었다.

쾅!

용우는 가차 없이 그 뼈들을 부숴 버리고, 부서져서 에너지를 누출하고 있는 코어를 쥐었다.

생사여탈권이 용우의 손에 쥐어진 상황에서도 볼더는 비명을 지르지 않았다. 그는 이미 절망한 채로 눈앞의 의문에 매달리고 있었다.

〈너는 완전히 규칙 바깥에 있다…….〉

"……."

〈누구도 그럴 수 없었다. 이 규칙을 만들어낸 1세계의 초월 권족 놈들조차도!〉

"……."

〈너는, 너는 대체 무엇이냐?〉

용우는 볼더의 정신파에 가득한 절망을 만끽하며 미소 지었다.

"인류."

〈그럴 리가 없다! 제3세계의 인류는 1, 2, 3세계를 통틀어 최약체! 그런 버러지가 너 같은 존재가 될 수 있을 리가……!〉

"그 규칙대로라면, 너희들이 소멸하는 일도 없었겠지? 규칙 좋아하는 착한 어린이."

〈…….〉

"자, 이제 착한 어린이는 죽을 시간이야."

〈잠깐……!〉

용우는 볼더의 말을 듣지 않았다.

―필멸자(必滅者)의 세계!

그러자 용우를 중심으로 주변 반경 10미터가 흐릿해졌다.

모든 것이 열화된 것 같은 세계 속에서 용우가 손을 뻗었다.

〈……!〉

볼더가 마지막으로 뭐라고 외친 것 같았다.

용우는 그 외침에 실린 분노를 느꼈다. 공포를 느꼈다. 그리고 절망을 느꼈다.

'그래.'

자신은 절대로 안전하다고, 아무것도 잃지 않는다고 확신하던 자들이 파멸하는 순간.

'이게 너희들이 마땅히 치러야 하는 대가다.'

그들에게 그 순간을 선사했다는 사실에 용우는 더없는 만족감을 느꼈다.

*　　　　　*　　　　　*

하스라가 파멸했을 때 코어에서 터져 나온 에너지가 주변을 얼어붙게 만들었듯, 볼더의 파멸은 주변을 불타게 만들었다.

화르르륵…….

볼더의 세계는 다른 의미로 죽음의 세계가 되어 있었다. 온통 황폐해져서 불타오르고, 그 열로 인해서 격렬한 지각변동이 일어나는 곳은 무언가가 살아가기에 적합한 곳이 아니니까.

'살아남은 놈은… 없는 것 같군.'

언데드에게 '살아남았다'는 표현을 쓰는 건 이상하지만, 달리 적합한 표현이 생각나지도 않았다.

하스라를 죽였을 때와는 상황이 전혀 다르다.

종말의 군주와 그를 능가하는 힘의 소유자가 전력으로 전투를 벌인 결과는 어마어마했다. 도시는 흔적도 없이 사라졌고, 그곳에 존재하던 언데드들은 전원이 파멸했다.

'이걸로 두 개째.'

용우는 온통 불타는 세상 한복판에서 자신의 손을 보았다.

조각조각 깨진 볼더의 코어가 그 손바닥 위에 올려져 있었다.

타오르는 노을빛처럼 주홍빛을 띤 그 코어는 볼더의 의지가 소멸하는 그 순간 그대로 용우에게 제압되었다. 그로써 하스라 때보다 손실을 줄이고, 산더미 같은 마력석 속에서 그 파편을 골라내는 작업을 생략할 수 있는 것이다.

투둑……

모든 것이 불타는 세계 속에서 암석이 떨어지는 것 같은 소리가 울려 퍼졌다.

후두두두두둑!

뒤이어 어마어마한 양의 마력석이 쏟아져 내리기 시작했다.

하스라를 쓰러뜨렸을 때와 마찬가지였다. 볼더가 파멸하면서 발생한 마력석과 그가 아공간에 보관해 놓고 있었던 마력석이 한 자리에 쏟아져 내리고 있는 것이다.

"당분간 마력석 걱정은 없겠군."

지구에서는 마력석을 전투 자원으로 펑펑 써대고 있는 입장이다 보니 대량의 마력석을 획득한 것이 반가웠다.

게다가 이번에는 하스라 때와는 획득량의 차원이 달랐다.

해골 기사들이 죽으면서 발생한 마력석들도 사방에 흩어져 있었고, 도시의 주민이었던 수만 명의 언데드도 죽으면서 마력석을 남겼다.

마력석은 고열에도 반응하기 때문에 불지옥으로 변해 버린 환경 속에서 시간이 지날수록 소실되어 갔지만, 그럼에도 아직 엄청난 양이 남아 있었기에 용우는 스펠을 동원해서 온전한 것을 탐지하고, 아공간에 쓸어 담았다.

'진짜 어마어마한 양이군.'

그 양은 용우도 질려 버릴 정도로 엄청났다. 아무리 쓸어 담아도 끝이 안 날 것 같았다.

"이건… 완벽한 샘플이군."

용우는 볼더가 언데드들의 영혼을 담아서 만들어낸 불꽃의 창도 잊지 않고 챙겼다.

파지지지직……!

그러나 불꽃의 창은 용우가 쥐자 격렬하게 반발했다.

제각각의 자아를 가진 수만 명의 영혼을 용우에게 복수한다는 목적으로 통일시켜 둔 것이다. 용우에 대한 반발력이 발생하는 게 당연했다.

"어차피 너희들은 필요 없어."

지금의 용우는 그 반발력조차 힘으로 누를 수 있었다.

공간의 진동이 잦아드는 가운데, 용우가 손을 뻗었다.

ㅡ필멸자(必滅者)의 세계!

모든 것을 파괴 가능한 상태로 만드는 스펠이 펼쳐졌다.

ㅡ아스트랄 플레어!

종말의 군주의 코어조차도 멸한 필멸의 영역 속에서, 용우가 정신체를 불태우는 투명한 불길을 발했다. 지구에서 발했을 때와는 비교도 안 될 정도로 강대한 불길이었다.

"해방."

순간 불꽃의 창이 폭발적인 빛을 발하기 시작했다.

그 속에 욱여넣어졌던 언데드 수만 명의 영혼이 한꺼번에 해방되기 시작한 것이다.

끄아아아아아아악!

그리고 비명이 울려 퍼지기 시작했다.

영혼들 입장에서 보면 해방되자마자 불지옥으로 뛰어들고 있는 셈이다. 게다가 필멸의 영역에 펼쳐져 있기에 그들은 불에 뛰어든 부나방처럼 덧없이 스러지고 말았다.

순식간에 수만의 영혼을 소멸시켜 버린 용우가 필멸의 영역을 해제하며 중얼거렸다.

"몇 개는 남겨두는 게 좋았을지도⋯ 아니, 지구에서 놈들의 영혼을 끌어다 가둬보면 되나?"

갇혀 있던 영혼이 모조리 해방된 불꽃의 창은 처음 볼더가 꺼내 들었을 때처럼 투명한 창으로 되돌아가 있었다.

쿠우우웅⋯⋯!

그런데 그때 문득 폭음이 들려왔다.

쿠우우우우우웅!

용우가 눈살을 찌푸리는 순간, 한층 더 큰 폭음이 울리면서 세계가 뒤흔들렸다.

"늦어도 한참 늦었다."

그 원인을 파악한 용우가 코웃음을 쳤다.

볼더의 영지 바깥에서 누군가 진입을 시도하고 있다.

하지만 아직 용우가 대지의 로드로 펼친 결계를 거두지 않았기에 힘으로 들이받고 있는 것이다.

'군주인지 아니면 타락체인지는 모르겠지만······.'

결계에 가해지는 충격으로 보건대 꽤나 강대한 마력의 소유자임이 분명했다.

'선물을 주지.'

볼더와의 전투로 용우도 지쳤다. 이런 상황에서 또다시 군주와 일전을 치르고 싶지는 않았다.

하지만 그냥 물러나 주는 건 재미가 없지 않은가?

─형상 복원!

용우가 대량의 마력석을 투입해서 빙설의 창의 모조품을 만들어내었다.

우우우우우!

그리고 거기에 마력을 잔뜩 불어넣고, 스펠을 걸기 시작한다.

'평생 받아보지 못한 종합 선물 세트일 거다.'

아무리 강력한 존재라도 쉽게 물리칠 수 없는 저주의 스펠들이었다.

다만 그 효과는 즉시성이 아니라 서서히 상대방을 파멸에 이르게 한다. 그리고 거는 입장에서도 충분한 준비가 필요한데, 용우는 그것을 대량의 마력석을 투입하는 것으로 해결하고 있었다.

"대지의 로드."

용우가 하늘로 손을 뻗자, 대지의 로드가 결계를 거두고 공간을 뛰어넘어 되돌아왔다.

대지의 로드를 아공간에 넣어둔 용우가 하늘을 올려다보았다.

⟨볼더!⟩

결계가 사라지자마자 하늘을 불태우는 불꽃을 가르며 거대한 빛의 손이 나타났다.

'데바나라는 놈이군.'

볼더와 함께 게이트에 출현했던 군주, 광휘의 데바나가 나타난 것이다.

⟨볼더, 대답해라!⟩

하늘에서 불타는 구름을 헤치고 내려오는 빛의 손은 정확한 크기를 짐작할 수 없을 정도로 컸다. 아직 고도가 5킬로미터 이상인데도 눈앞의 산처럼 거대해 보여서 원근감이 이상해질 지경이었다.

하지만 용우는 눈에 보이는 모습에 현혹되지 않았다.

저것은 거대한 마력을 지닌 군주가, 세계 너머에서 자신을 투영한 허상일 따름이다.

⟨네놈은……?⟩

데바나가 이 세계에 유일하게 존재하는 자, 용우를 발견하고 당혹스러워했다.

다소 무리해서 볼더의 세계로 들어왔거늘, 볼더는 물론이고 그의 영지민 누구의 기척도 느껴지지 않는다.

모든 것을 불태우는 지옥의 불꽃과 의념의 공허만이 가득한 세계 속에 지금의 침략 대상인 지구 인류가 기다리고 있다니, 이 상황을 어떻게 해석해야 하는가?

〈설마 네놈이?〉

데바나가 믿기 어려운 가능성을 떠올리는 순간이었다.

"선물이다!"

공격 준비를 마친 용우가 하늘을 향해 빙설의 창 모조품을 투창했다.

콰콰콰콰콰……!

데바나가 미처 반응할 새도 없었다.

워 드레스로 마력을 증폭하고, 사냥꾼의 축복을 12연쇄로 걸어서 투창의 위력을 현격히 높였다. 그 결과 제3우주 속도보다도 빠르게 가속한 빙설의 창 모조품이 데바나가 이 세계에 뻗은 손을 꿰뚫었다.

〈크아아아아악……!〉

전략핵 수준의 대폭발이 하늘을 불태우는 것을 보면서 용우가 손을 흔들었다.

"바이, 바이."

그리고 용우의 모습이 허깨비처럼 흩어져 사라졌다.

Chapter40

히든 페이지

1

종말의 군단이라 불리는 자들의 근거지인 정보세계.

그들의 왕국은 다국가 연합처럼 여러 정보세계의 집합체였다.

군단을 지배하는 일곱 군주들의 영지는 물론이고 군단에 소속된 여러 군소 세력들 역시 자신들의 영역을 각각의 세계로 독립해 두고 있었다.

하지만 그런 모든 세계에 연결되고, 무슨 일이 있을 때마다 군주들이 모이는 공간이 있다.

주인 없는 왕궁.

아직 존재하지 않는 왕을 위한 궁전, 비어 있는 옥좌 앞에 군단의 지배 계급들이 모였다.

〈어처구니없는 일이군.〉

그러나 군단을 지배하는 군주들을 위한 일곱 자리 중 두 자리가 공석으로 남아 있었다.

〈완전한 패배를 겪기 전까지 우리의 본질은 불멸한 것이 아니었나?〉

종말의 군주들은 전율하고 있었다.

이 모든 것이 시작된 지 오랜 시간이 흘렀다. 그들은 첫 번째, 두 번째 세계의 인류와 싸워 그들을 멸하고 세 번째 전쟁을 치르고 있었다.

그동안 그들이 아는 규칙이 흔들린 적은 한 번도 없었다. 제3세계와의 전쟁이 시작될 때만 해도 그랬다. 이전보다 훨씬 출발이 좋았기에 그들은 이번에야말로 비원을 달성할 수 있으리라 낙관하고 있었다.

그랬는데…….

〈그놈은… 우리가 생각한 암살자가 아니다.〉

광휘의 데바나가 피로감이 묻어나는 목소리로 말했다.

다른 네 명의 군주들이 직접 온 데 비해 그는 자신의 영지에서 모습만을 보내오고 있었다. 그리고 그 이유는 어처구니없게도 부상이었다.

〈도대체 무슨 일을 당한 거지, 데바나?〉

굉음의 소우바가 의아해하며 물었다.

언데드들의 정점에 선 종말의 군주가 부상으로 인해 휴식을 취한다는 것부터가 난센스다. 하지만 광휘의 데바나는 목소리를 내는 것조차 힘들어 보였다.

〈저주에 걸렸다……. 회복에는 좀 시간이 걸릴 것 같군.〉

〈그 정도의 저주라고? 대체 무슨 저주이기에?〉

종말의 군주들은 한 명 한 명이 자연재해보다도 강력한 힘을 가진 자들이다.

대부분의 저주는 아예 그들에게 효과가 없다. 그리고 규모가 큰 의식을 통해 자아낸 진정으로 강력한 저주라 할지라도 그들을 오래 속박할 수 없다는 것은 이미 증명된 바였다.

〈하나가 아니다. 아직 다 파악되지도 않았고. 너희들도 조심하는 게 좋다. 하스라는 그렇다 치고 정예병들을 호위로 배치시켰던 볼더까지 당했으니까.〉

〈…….〉

그 사실은 군주들에게 엄청난 충격을 안겨주었다.

적은 볼더만이 아니라 볼더가 거느린 군단원들까지도 모조리 없애 버렸다. 볼더의 영지에 남은 것은 불타는 폐허뿐, 그곳에 존재했던 모든 자들이 흔적조차 남기지 못했다.

"아, 내가 좀 늦었군."

그때 그들 사이로 이질적인 존재가 끼어들었다.

군주들과 달리 육성으로 말하는 존재, 상아빛 피부를 가진 타락체 라지알이었다.

챙 넓은 검은 모자를 쓴 그가 자신의 자리에 앉자 대지의 트라크가 말했다.

〈이 자리의 안건에 대해서는 들었겠지, 장군.〉

라지알은 군단의 타락체 중에서 유일하게 군주들과 대등한 직위를 가진 자였다.

"그래. 하스라에 이어서 볼더가 당했다니… 믿을 수가 없군. 농담이길 바랐는데."

하스라 때도 놀랐지만 이번에도 놀랐다. 도대체 누가 그런 일을 할 수 있단 말인가?

〈제3세계의 인류에게는 불가능한 일이라고 본다만. 역시 탈출자가 아닐까?〉

〈너는 어떻게 생각하지, 라지알 장군?〉

"설령 탈출자가 존재한다고 가정해도… 놈들 중에 이쪽으로 잠입해서 볼더를 쓰러뜨릴 정도로 강력한 놈은 없을 거라고 봐."

〈하긴 그렇지. 탈출자가 우리와 필적하려면 기둥의 제물이 되기를 자처해야 하는데, 그러면 이 세계에 진입했을 때는 그 힘을 쓸 수 없으니까.〉

〈그럼 역시 제3세계의 인류 중에 말도 안 되는 이레귤러가 있는 건가?〉

〈확실히 경계해야 할 일들이 늘고 있다. 데바나가 목격한 바에 의하면 놈들은 열쇠를 활용하기 시작했지.〉

데바나가 귀환하면서 팀 섀도우리스에 대한 정보가 군단에 넘어왔다.

"그냥 놔두기는 좀 그렇군. 하지만 지금은 내가 나서기는 어렵고……."

〈군주의 자리 둘이 빈 상황이다. 너도 당분간은 '공장'을 지켜줘야 해.〉

"지루한 일이지만 필요하다는 건 인정해."

라지알이 어깨를 으쓱했다.

군단이 직면한 문제는 제3세계의 인류만이 아니었다.

전면전의 대상은 아니지만, 계속해서 전쟁을 치르기 위해서 전력을 투입해야만 하는 문제가 존재한다. 본래는 각 군단이 돌아가면서 담당했던 문제인데 군주 둘이 소멸해 버린 지금은 각각의 부담이 커질 수밖에 없었다.

〈일단은 체제가 정비된 후에 움직일 수밖에 없겠군.〉

〈너무 소극적인 것 아닌가? 차라리 동시다발적으로 공격을 가하는 건 어떨까?〉

〈불가능하다. 다소 제약이 느슨해져 있긴 하지만, 아직 일곱 번째 문이 열렸을 뿐이라는 걸 잊지 마라. 어쩔 수 없는 문제야.〉

〈짜증 나는군…….〉

당장에라도 군단의 전력을 투입해서 끝장을 보고 싶다.

하지만 규칙에 갇혀 있는 그들은 그럴 수가 없었다.

〈그렇다고 이대로 두고 보기만 할 수도 없지.〉

그들은 새로운 전략을 논의하기 시작했다.

*   *   *

용우의 의식이 정신세계에서 돌아오는 순간, 눈앞에서 뭔가가 부서지는 소리가 울렸다.

볼더가 빙의했던 5등급 몬스터 암석거인이 부서지는 소리였다.

"흠."

용우가 주변을 둘러보자 팀 섀도우리스 전원이 변신을 풀고 모여 있었다.

"어떻게 됐지?"

"놈들은 전부 처리했습니다."

용우가 볼더를 제압하고, 정신세계로 향하는 순간부터 전세는 급격하게 기울어졌다.

볼더를 상대하던 세 사람 중에서 리사만 남고 휴고와 브리짓은 다른 이들과 합류했다.

브리짓이 차준혁과 합류, 원래부터 우세였던 싸움을 빠르게 끝내 버렸다.

그리고 휴고가 이미나와 유현애 쪽에 합류해서 타락체를 끝장냈다.

용우가 물었다.

"타락체는?"

"아, 꽤 애먹었어요."

유현애가 고개를 절레절레 저으며 너스레를 떨자 이미나와 휴고가 불편한 눈으로 그녀를 바라보았다. 하지만 두 사람을 한심하다는 듯 바라보고는 말을 이었다.

"자존심 상한 건 알겠는데, 상황은 정확히 보고해야 되잖아요."

"…난 아무 말도 안 했어."

이미나가 투덜거리며 시선을 피하자 유현애가 쯧쯧, 하고 혀를 찼다.

객관적인 전력만 놓고 보면 아군이 타락체를 압도한 상황이었다. 마력으로 타락체를 능가하는, 거기에 아티팩트라는 초절한 성능의 무기까지 갖춘 세 명이 모였으니까.

이미나와 유현애 둘이서도 일진일퇴의 공방을 벌였기에 휴고가 합류한 시점에서 금방 승부가 나리라 생각했다.

그런데 그때부터 타락체의 저력이 발휘되었다.

"다 잡았다고 생각하고 들어갔다가 미나 언니는 겨우 즉사를 피했고, 휴고는 팔이 잘렸어요. 그리고……."

결국 셋이서는 끝장을 내지 못해서, 한발 먼저 광휘의 데바나를 처리한 차준혁과 브리짓까지 가세하고 나서야 승리할 수 있었다.

유현애가 전투 상황을 자세하게 설명하자 용우가 고개를 끄덕였다.

"꽤 실력이 있는 놈이었군."

용우의 추측대로라면 타락체는 각각의 세계에서 난다 긴다 하는 놈들일 것이다. 아무리 약한 놈도 어비스의 후반기 생존자들 수준은 되지 않을까?

그렇다면 팀원들이 상대하기 버거워도 이상하지 않았다. 휴고나 유현애가 천재라고는 하지만 기술과 경험의 차이가 너무 크다.

"너무 풀 죽지 마. 오늘은 시운전 같은 거였으니까."

"젠장, 시운전이고 뭐고 죽으면 끝이잖아."

휴고가 투덜거렸다.

지금까지 힘의 부족하다고 생각했지 전사로서의 역량이 부족하다고 생각해 본 적은 없었다. 그렇기에 한심한 꼴을 보인 스스로에게 화가 났다.

"……"

용우는 살짝 눈살을 찌푸리며 그를 바라보았다.

뭐라고 위로를 해줘야 할 타이밍 같은데, 적절한 말이 떠오르지 않아서였다.

'아니, 이거 위로를 해줘야 할 문제이긴 한가?'

용우는 휴고의 투덜거림을 들으면서 연민은커녕 짜증만 치밀었다.

결국 용우의 입에서 나온 말은 위로와는 거리가 멀었다.

"그걸 알고 있으면 일단 살아 있다는 사실에 감사하시지."

"큭……."

"분하면 다음번에 잘해. 어쨌거나 난 너를 놈들하고 승부를 해볼 만한 카드라고 생각해서 골랐으니까 기대에 부응해 주지 못하면 곤란해."

"……."

그 말에 휴고가 용우를 떨떠름한 표정으로 바라보았다.

"왜?"

"새삼 느끼는 건데……."

유현애가 기가 막혀 하며 끼어들었다.

"아저씨는 참, 사람 열받게 만드는 말은 잘하는데 위로하거나 칭찬하거나… 뭐, 그런 좋은 말은 진짜 못하네요."

"……."

말문이 막힌 용우가 째려보자 유현애가 슬그머니 이미나 뒤에 숨었다.

용우가 혀를 차고는 브리짓에게 물었다.

"현재 게이트 내부의 상황은?"

"팀 크로노스가 전투를 수행 중입니다. 딱히 도와줄 필요는 없어 보이는군요. 그들의 전력이라면 7등급 몬스터는 무난하게 사냥할 수 있을 겁니다."

브리짓이 담담하게 보고하고는 물었다.

"이걸로 우리가 '고스트'들과 동일한 인물들이라고 알려지겠군요."

"그거야 처음부터 피할 수 없는 상황이었지. 매번 힘을 제약하고 싸울 수도 없고, 차준혁은 이미 지난번에 노출되기까지 했으니까."

일단 '고스트'들과 팀 섀도우리스의 일원들은 다른 인물이라고 주장할 것이다. 자신들은 그들과 같은 힘을 얻었을 뿐이라고.

상대방이 믿든 안 믿든 상관없다. 어차피 고스트가 퍼스트 카타스트로피 직후부터 지금까지 계속 활동했다는 것을 감안하면 설득력 없는 주장도 아니었으니까.

무엇보다 각국 정부는 팀 섀도우리스의 주장을 받아들일 수밖에 없을 것이다.

지금 시점에서는 팀 섀도우리스만이 다가올 재앙을 막을 유일한 전력이니까.

"그 부분은 브리짓, 당신과 김은혜의 수완에 기대하지."

"새삼스럽지만 정식 팀원도 아닌 저를 너무 막 부려먹는 것 아닌가요?"

"당신이 원한다면 정식 팀원해도 돼."

"…그렇게 쉽게 되는 문제였습니까?"

브리짓이 약간 어이없어하며 묻자 용우가 피식 웃었다.

"지금까지는 미국 정부의 비밀 요원쯤 되는 당신의 입장을 고려한 것뿐이야. 매번 같이 싸우기까지 하고 있는데 팀원이 아니라고 하는 것도 이상하지?"

"그렇군요. 그럼 팀원도 아닌데 부려 먹히는 건 이제 끝난 걸로 하지요."

브리짓은 농담을 하면서 웃는 스스로에게 묘한 기분을 느꼈다.

이 자리에 있는 사람들 중에서는 휴고 말고는 친한 사람도 없고, 딱히 친해지고 싶다는 생각도 없었다.

그런데도 자신은 이들과 함께 싸우면서 이들과 같은 울타리에 들어가 있지 않다는 사실이 섭섭했던 것일까?

'이상한 기분이군.'

생각해 보면 성장 환경이 특수한 브리짓에게는 대등한 동료라고 부를 수 있는 존재가 없었다.

브리짓이 미국 정부 소속으로 일해오는 동안 모두가 그녀를 특별 취급했다. 애비게일 카르타의 명령을 받고 움직이는 직위를 초월한 특별한 요원으로 여겨졌지 함께 일하는 동료로 인식된 적은 없었던 것이다.

브리짓과 비밀을 공유하는 사람은 존경하는 양어머니인 애비게일 카르타와 그녀가 선택해서 영재교육을 시킨 휴고 스미스뿐이었다. 그리고 그녀에게 있어서 휴고는 골치 아픈 동생 같은 존재였지 대등한 입장에서 함께 일하는 동료는 아니었다.

그래서일까? 용우가 아무렇지도 않게 자신을 팀원으로 받아들여 준 것이 기뻤다.

차준혁이 물었다.

"갔던 일은 어떻게 됐지?"

"볼더는 처치했다."

용우가 아무렇지도 않게 말하자 다들 숨을 삼켰다.

처음부터 그걸 목표하고 덫을 놓긴 했지만 정말로 해냈다는 말을 들으니 역시 충격적이었다.

"그럼 이제 남은 군주는 다섯인가?"

"그래. 하지만 남은 놈들은 어려울 거야. 이번처럼 일이 수월하게 풀리진 않겠지."

이번만 해도 하스라를 잡을 때보다는 훨씬 상황이 까다로웠다.

다음번에는 놈들이 철저하게 함정을 파놓고 기다리거나, 진입하자마자 여럿이 연계하는 상황을 염두에 둬야 했다.

"그리고 이번 일로 큰 문제를 하나 깨달았어."

"무슨 문제?"

"무슨 일이 있어도 놈들하고 지구에서 싸워서는 안 돼."

"그게 무슨 소리지?"

다들 이해할 수 없다는 듯 용우를 바라보았다. 용우는 진지하게 설명했다.

"놈들이 본체를 고스란히 지구에 구현하는 데 성공한다면,

한 놈만 와도 답이 없어."

"9등급 몬스터보다도 훨씬 강하다고 하니 힘들긴 하겠지
만⋯ 그 정도인가?"

차준혁이 납득할 수 없다는 듯 물었다.

지금의 팀 섀도우리스는 9등급 몬스터라고 해도 사냥할 자
신이 있었다. 아티팩트로 인해서 전원이 구세록의 계약자급,
그것도 2세대급의 힘을 갖게 되었고 용우라는 규격 외의 존재
가 있는 것이다.

용우가 고개를 저었다.

"싸워서 이길 수 있느냐의 문제가 아니야."

"그럼?"

"싸우면 지구가 멸망한다. 그러니까 핵전쟁 시나리오 같은
거라고."

"⋯⋯."

그제야 다들 용우가 말하고자 하는 바를 알아들었다.

브리짓이 심각하게 굳어진 표정으로 말했다.

"9등급 몬스터보다 강대한 마력을 지닌 존재가, 마력 컨트
롤이나 스펠로 몬스터보다 더욱 고효율로 그 힘을 발휘할 수
있다면⋯ 그들과 싸우는 것 자체가 인류 문명을 파멸시킬 수
있다는 뜻이군요."

"그래."

정보세계에서 용우와 볼더의 전투가 자아낸 파괴는 그 정

도로 전율스러웠다.

일격 일격이 수십 킬로미터를 초토화시키고, 한 지역을 초 단위로 극한과 극열의 환경으로 반전시킨 것이다.

지구에서 그 정도 힘으로 싸운다면 아마 전장은 지구 전역으로 확장될 것이고, 전투 여파로 대기권이 불타고 지각변동과 폭풍우가 전 세계를 강타할 것이다.

"지금까지는 생각해 본 적이 없는 문제였는데, 이번에 놈의 본거지에서 싸우니까 그 여파가 눈에 들어오더군."

어비스에서는 그런 것을 신경 쓸 필요가 없었다. 어디를 얼마나 파괴해도 삶이 변하지 않았으니까.

그러나 지구에서는 그 문제를 간과해서는 안 된다.

"어떻게든 놈들의 세계에서, 아니면 게이트 안에서 끝장을 봐야 해. 놈들의 제약이 풀린 상태에서 지구로 전장이 확산되면… 이겨도 미래가 없어."

2

용우는 팀원들을 해산시키고 나서 곧바로 한 사람을 만났다.

"탈출자라……."

용우가 볼더를 쓰러뜨리는 과정에서 알게 된 정보를 들은 애비게일 카르타가 생각에 잠겼다.

"혹시 짚이는 인물은 없나?"

종말의 군단에게 멸망당한 두 세계에서 넘어온 존재, 탈출자.

전 세계를 망라하는 정보망을 가진 미국, 그리고 미국을 좌우하는 흑막인 애비게일 카르타라는 짚이는 것이 있을지도 모른다고 생각해서였다.

하지만 그녀는 고개를 저었다.

"우리 데이터베이스에는 없는 것 같습니다. 그리고 그런 인물이 있다면 일찌감치 우리와 접촉하지 않았을까요?"

"그렇긴 하겠지."

탈출자는 종말의 군단에 적대하는 자.

그렇다면 구세록의 계약자들과 접촉해서 정보를 알려주는 쪽이 정상일 것이다. 용우가 등장하기 전까지 구세록의 계약자들은 인류의 운명을 좌우한다고 해도 과언이 아닐 존재들이었으니까.

"하지만 그건 어디까지나 우리 입장이지. 이미 두 번이나 이런 일을 겪고, 세계의 멸망을 지켜본 자라면 관점이 다를 수도 있지 않을까?"

"규칙을 모두 알고 있는 자와 그렇지 못한 자의 차이겠군요. 흠……"

애비게일 카르타는 잠시 생각해 보더니 말했다.

"일단 조사해 보도록 하겠습니다. 하지만 큰 기대는 안 하는 게 좋을 겁니다."

"있는지 없는지도 모르는 존재니까 어쩔 수 없지."

"그럼 이제 다음은 나고야 수복전입니까?"

"갑자기 이번 같은 일이 터지지 않는다면 말이지."

팀 섀도우리스 입장에서는 재해 지역을 수복하는 것보다는 종말의 군단의 침략을 막는 데 전념할 수밖에 없다.

"다음에 군주 개체가 나타나면 어쩔 생각입니까? 이번처럼 처리할 겁니까?"

"아니. 일단은 그냥 격파해서 돌려보낸다."

"어째서입니까?"

애비게일 카르타가 의아해했다.

용우의 힘은 폭발적으로 강해지고 있다. 특히 종말의 군단의 본거지인 정보세계에서는 군주는 물론이고 그 최정예 병력까지도 같이 격파할 정도가 아닌가?

이제 볼더 코어가 더해졌으니 더욱더 강해질 것이 분명하다. 그런데도 공세를 접는단 말인가?

"이제 놈들이 대책을 세울 테니까. 똑같은 수법으로 계속 밀어붙이는 건 리스크가 너무 커. 이쪽에서 방법을 준비하고 놈들을 끌어들일 거다."

"이미 생각해 둔 바가 있나 보군요."

"있지. 그리고 이번 일로 확신했다. 히든 페이지는 있을 거야."

"역시 허우룽카이의 말은 거짓이 아니었다는 겁니까? 하긴 그렇지 않고서야 아니마의 존재가 설명되지 않지만……."

용우는 첫 번째, 두 번째로 죽인 구세록의 계약자 미켈레와 엔조 모로의 구세록을 본 적이 없었다. 그들을 고문하고 죽이는 과정에서 그에 대한 정보를 묻지 않았기 때문이다.

하지만 이후 애비게일 카르타의 구세록을 보았고, 또 차준혁의 구세록도 보았다.

애비게일 카르타가 말한 대로 두 구세록의 내용은 동일했다. 접촉해 봤자 예언서다운 문장 말고는 다른 내용도 찾을 수 없었다.

그래도 용우는 의심을 거두지 않았다.

구세록이 단순한 예언의 기록일 리가 없다. 성좌의 무기의 보관함이었고, 계약자들에게 특수한 능력을 부여하는 근원이기도 하지 않은가?

분명 열람할 수 있는 기록 이상의 비밀이 감춰져 있을 것이다.

그렇게 생각했기에 용우는 허우룽카이를 죽일 때와 프리앙카에게서 불꽃의 활을 넘겨받을 때는 그들의 구세록의 위치를 파악하는 것을 잊지 않았다. 그리고 혹시 구세록에 대해서 뭔가 파악한 것이 없는지에 대해서도…….

그 결과 허우룽카이에게서 의미심장한 정보 하나를 얻을 수 있었다.

'구세록에는 히든 페이지가 있다.'

팬텀의 데이터에 연구 과정이 전혀 기록되어 있지 않은 A타입 아니마의 제조법은 구세록의 히든 페이지에서 온 것이다.

죽음의 유사 체험으로 광기에 사로잡혀 있을 때, 구세록의 의지가 신성한 계시를 내려주었다. 허우룽카이는 그렇게 증언했다.

"놈들을 제약하는 규칙은 구세록의 계약자에게도 적용되고 있었어."

용우는 볼더와의 싸움에서 알아낸 정보의 단편들을 말해 주었다.

애비게일 카르타가 곰곰이 생각해 보더니 말했다.

"그게 우리가 내용도 모르고 맺은 '계약'의 내용이었던 겁니까?"

"아마도. 그리고 그것만은 아닐 거야."

"기둥의 제물……. 그 의미가 무엇인가에 비밀이 숨겨져 있겠지요."

기둥이 무슨 뜻인지는 대충 이해가 간다. 종말의 군단에게 침략당하는 세계를 지키는 기둥이란 은유일 것이다.

하지만 어째서 '제물'인가?

"이 거대한 세계를 고작 일곱 명이서 지키는 것이나 마찬가지니 그런 의미에서는 '제물'이라고 은유할 수도 있겠지. 하지만 놈들이 말하는 뉘앙스는 아무리 봐도 그게 아니야."

"뭔가 더 위험한 뜻이 있을 것 같습니다. 빙의에 대한 것도 그렇고……."

"히든 페이지에 답이 있었으면 좋겠군. 지금은 너무 정보 불균형이 심해."

그리고 그 불균형이 침략자의 입장을 압도적으로 유리하게 만들고 있다. 용우는 그 사실이 마음에 들지 않았다.

애비게일 카르타가 말했다.

"하지만 당신이 들은 말대로라면, 놈들의 세계에도 아티팩트 같은 '열쇠'가 존재한다는 거지요? 우리가 그쪽 세계에 온전한 힘을 갖고 진입할 수 있게 해주는?"

"그렇지. 그걸 손에 넣어봤자 별로 의미가 없다는 게 문제지만."

"슬프게도 그렇군요."

애비게일 카르타가 쓴웃음을 지었다.

현 시점에서 지구 최강의 전력은 팀 섀도우리스다. 하지만 그들조차도 용우를 제외하면 종말의 군단의 본거지에서 싸우기에는 역부족이었다.

"내가 팀원들에게 바랄 수 있는 건 내가 정보세계에 진입해 있는 동안 이쪽의 육체를 방어해 주는 것 정도지. 사실 그것만 해줘도 내 기대를 충족시키고도 남아."

더없이 오만한 말이다. 하지만 객관적인 분석이기도 했다.

애비게일 카르타가 말했다.

"그럼 이제 두 가지 의문이 남는군요."

"뭐지?"

"과연 우리 쪽에서도 그들의 세계에 '게이트'를 열 수 있는가?"

"……"

용우가 한 방 먹은 표정을 지었다. 전혀 생각 못 한 발상이었기 때문이다.

"…그렇군. 저쪽에서 열 수 있다면 이쪽에서 열 수 있을지도 몰라. 하지만 그게 의미가 있을까? 어쨌거나 쳐들어오는 쪽이 활동 한계를 짊어지고 들어오는데?"

"몬스터는 어디서 오는 걸까요?"

"음?"

용우가 의아해하자 애비게일 카르타가 차분하게 자신의 생각을 말했다.

"제로, 당신은 두 번이나 그들의 세계에 다녀왔습니다. 그 과정에서 아마도 그들 조직의 정점에 군림하고 있을 군주라는 자들을 둘이나 멸했고, 이번에는 군단의 최정예병으로 보이는 자들과 일반 병력에 해당할 존재들을 섬멸했지요."

"그랬지."

"그런데 그 과정에서 몬스터를 목격한 적이 있습니까?"

"흠……."

용우는 비로소 애비게일 카르타가 말하고자 하는 바를 알아들었다.

"확실히 하스라의 영지에도, 볼더의 영지에도 몬스터는 하나도 없었지. 당신은 몬스터가 게이트 안에서만 발생하는 존재라고 추측하는 건가?"

"예. 그리고 만약 이쪽에서 저쪽으로 향하는 게이트를 발생시킬 경우……."

"그 게이트 안의 몬스터들은 놈들을 적대할지도 모른다?"

"그렇습니다."

"……."

용우는 할 말을 잃었다. 이건 그로서는 절대 못 떠올릴 발상이 아닌가?

"어처구니없지만… 그럴싸하게 들리는군. 몬스터의 존재가 어디에 속하는가를 알아낼 수 있다면… 그리고 혹시라도 애비게일 당신의 추측이 맞다면……!"

"그럼 이 전쟁은 완전히 다른 국면으로 접어들겠지요."

애비게일 카르타가 온화하게 웃었다.

*　　　　*　　　　*

한국이 세계에 자랑하는 마력학의 권위자, 권희수 박사의 삶은 방구석 폐인이나 다름없었다.

그녀는 기본적으로 게이트 재해 연구소에서 나가는 일이 거의 없었고, 휴일에도 개인 연구실에 처박혀 있었다. 연구소 내에 그녀를 위한 쾌적한 거처가 따로 마련되어 있었지만 거기에 가는 일도 드물었다.

그녀가 연구실에 처박혀서 하는 일이라고는 자거나, 연구에 관련된 자료를 찾아보거나 뿐이었다. 취미는커녕 소소한 오락거리에조차 관심을 두지 않는 황폐한 삶이었다.

[박사님, 손님이 오셨습니다.]

"…음?"

소파에 늘어져서 잠들었던 권희수 박사는 인공지능 비서 민수의 목소리에 눈을 떴다.

"손님? 찾아올 사람이 있었나?"

[예정은 없었습니다.]

"그럼 나 없다고 해……."

[제로입니다.]

"응?"

순간 권희수의 눈이 반짝 떠졌다.

"이 사람은 또 웬일이래……."

권희수는 어쩔 수 없다는 듯 소파에서 일어났다. 그러자 인공지능이 조종하는 로봇이 다가와서 그녀의 얼굴을 씻겨주고, 양치질을 해주고, 머리를 풀어서 슥슥 빗질한 후에 다시 묶어

주고, 안경을 씌워주었다.

"그러고 보니 민수."

권희수가 문득 생각났다는 듯 인공지능 비서를 불렀다.

[네, 박사님.]

"내가 그거 수록 끝냈던가? 나랑 민수랑 엄마 이야기."

[다섯 번째 버전을 수록하셨습니다만, 새로 수록할까 고민하셨습니다.]

"아, 그랬지. 음……. 그럼 혹시 물어보면 나중으로 미루자고 해야겠네."

권희수는 고개를 끄덕이며 서용우가 기다리고 있는 세미나실로 향했다.

"웬일로 갑자기 찾아왔어요?"

용우는 평소에는 그녀가 부르지 않으면 찾아오지도 않는다. 그런데 불쑥 찾아온 것이 의외였다.

용우가 물었다.

"지난번에 부탁한 건 어떻게 되고 있습니까?"

"아직 2주밖에 안 지났다는 건 기억하고 묻는 거죠?"

"물론입니다."

"다행이네요."

연구를 부탁한 지 2주밖에 안 지났는데 뭔가 제대로 진행 상황이 나왔기를 바란다면 말도 안 되는 도둑놈 심보다.

"이제 막 팀을 꾸려서 초안을 잡아보고 있는 단계예요. 최대한 서둘러 보기는 하겠지만 워낙 뜬구름 잡는 연구라서 언제쯤 될 거라고는……."

"잘됐군요."

용우가 말을 자르자 권희수가 고개를 갸웃했다. 용우는 그런 그녀 앞에 투명한 소재의 창 한 자루를 내려놓았다.

"이건 뭔가요?"

권희수가 눈을 빛냈다.

그녀는 마력의 구조를 미세 영역까지 보고 컨트롤할 수 있는 특수한 능력의 소유자다. 그렇기에 투명한 창을 보는 순간, 그것이 범상치 않은 마력의 산물임을 알 수 있었다.

"영혼을 담는 창입니다."

"네?"

"영혼을 담아서, 특정한 키워드를 이용해 그 영혼들의 의지를 하나로 통일시키면 그게 곧 마력이 되는 창입니다."

"……."

담담한 용우의 설명에 권희수가 눈을 껌뻑거렸다.

용우가 말을 이었다.

"만 단위의 영혼이 들어가더군요. 제가 요구한 연구용으로는 완벽한 샘플이라고 생각합니다만, 어떻습니까?"

"…어, 지금 농담하는 거 아니죠?"

"농담하는 걸로 보입니까?"

"그런 것 같지는 않지만요. 그보다 영혼이라는 게 실제로 있어요?"

"있습니다. 그게 정말 종교에서 말하는 '영혼'과 동일한 것인지, 사후 세계가 존재하는지에 대해서는 모르겠지만……."

인간이 살아가면서 축적한 기억과 의념이 일종의 정신체를 구성한다. 그것은 육체가 죽은 후에도 남아서 완전히 사라지기까지는 꽤 오랜 시간이 걸린다.

어비스에서는 그 정신체를 가리켜 영혼이라고 불렀다.

"언데드는 몬스터처럼 에너지 코어를 형성하고, 영혼으로 그것을 컨트롤하는 존재입니다."

"언데드라… 한번쯤 연구해 보고 싶군요."

그렇게 중얼거린 권희수가 물었다.

"그런데 이건 대체 어디서 손에 넣으신 건데요?"

"군주에게서입니다."

"음? 군주 개체요?"

"네. 정확히는 군주 개체가 아니라 그 본체에게서지만."

용우는 이 창을 손에 넣은 과정, 정보세계로 가서 볼더를 쓰러뜨린 과정을 간추려서 권희수에게 들려주었다.

이야기를 들은 권희수는 말문이 막혀서 눈을 껌뻑거렸다.

"당신 이야기를 듣다 보면 종종 이렇게 점프하는 것 같은 기분이 들어요."

권희수가 손으로 개구리가 점프하는 것 같은 곡선을 허공에다 그리며 말했다.

"점프?"

"갑자기 시대를 휙 건너뛰는 것 같다는 거죠. 당신이 나타나기 전까지만 해도 이렇게 완만하게 상승 곡선이었는데, 당신이 나타나자마자 갑자기 이렇게 휙— 휙— 위로 건너뛰어 버리는 느낌. 한 20년쯤 후에나 맞닥뜨렸을 걸 지금 맞닥뜨리는 기분인데요."

"그럴 일은 없었을 겁니다. 그 전에 멸망했을 테니까."

"하긴 그렇네요. 이런 게 뒤에 도사리고 있었다면, 우리가 사태를 파악하고 대응책을 만들기도 전에 모든 게 끝났겠죠."

어깨를 으쓱한 권희수가 말을 이었다.

"어쨌든 흥미롭네요. 황당한 연구를 부탁하더니 갑자기 이런 걸 가져오다니……."

권희수는 투명한 창을 이리저리 살펴보더니 말했다.

"그런데 저한테 만들어달라고 할 필요 없이 그냥 이걸 쓰면 되지 않아요?"

"며칠 동안 분석해 봤습니다만 제가 원하는 것과는 좀 다릅니다. 완벽하게 제가 원하는 용도로 만들어주면 좋겠군요."

"하지만 시간이 그렇게 여유로운 건 아니잖아요? 이거라도 쓰는 게 낫지 않아요?"

"그건 이미 구조를 파악했으니까 마력석만 좀 투자하면 모조품을 만들 수 있습니다. 필요할 때는 그걸 쓰면 됩니다."

"하긴 당신은 성좌의 무기 모조품도 만들 수 있었죠. 어쨌든 알겠어요. 이렇게 완벽한 샘플이 있다면 못한다고 말할 수는 없겠네요."

"부탁합니다."

"기왕 온 김에 테스트나 좀 도와주고 가죠? 우리 연구원들이랑 같이 논의하면서 당신이 바라는 이미지를 구체적으로 전달해 주고. 그러면 진행이 빠를 것 같은데요."

"그러죠."

용우가 순순히 고개를 끄덕였다.

그가 권희수에게 부탁한 연구는 대단히 중요했다. 인류에게가 아니라 용우 개인에게 중요했지만…….

'결과적으로 우리의 히든카드가 될 거야.'

용우는 그 사실을 확신했다.

3

2월 중순.

사다모토 아키라는 어두컴컴한 방에서 인터넷에 뜬 뉴스 기사를 보고 있었다.

〈나고야 수복 작전 결정〉

일본 정부가 나고야 수복 작전을 발표했다.

과거 일본의 중심이기도 했던 도쿄가 일본 열도 관동 지역의 심장부라면, 나고야는 중부 지방의 심장부였다. 나고야가 재해 지역이 되면서 잃은 것이 너무 컸기에 일본 정부는 오랫동안 이 수복 작전을 꿈꾸고 있었다.

"결국 나고야인가."

사다모토 아키라가 중얼거렸다.

일본 정부가 더 중요하게 생각하는 것은 아무래도 도쿄일 것이다.

하지만 도쿄 수복은 나고야 수복보다 훨씬 리스크가 크다.

일단 전장의 면적부터가 달랐고, 서식하는 몬스터들의 위험도도 현격하게 높다.

그리고 탈환한 후의 일도 문제다. 게이트가 끊임없이 발생하며 인류를 위협하고 있는 시대, 국토를 수복한다는 것은 가혹할 정도로 무거운 유지 보수 문제를 짊어진다는 뜻이니까.

"도쿄가 아니라서 아쉬워?"

그렇게 물은 것은 방의 한구석, 가장 어두운 부분에 기대어 앉은 소년이었다. 방 안인데도 코트를 입고 후드를 눌러쓰고 있어서 얼굴이 보이지 않았다.

"왜 그렇게 생각하지?"

"당신의 가족이 죽은 곳이니까."

"……"

다른 사람이 이런 소리를 했다면 살려두지 않았을 것이다.

누군가를 죽이는 원칙이 확실한 사다모토 아키라였지만, 자신의 트라우마를 자극한다면 그 원칙에 부합하지 않는다 해도 얼마든지 죽일 수 있었다.

그러나 사다모토 아키라는 살의를 일으키지 않았다. 이 소년을 자신에게 그런 소리를 해도 되는 존재라고 생각했으니까.

소년이 물었다.

"당신은 왜 재해 지역을 내버려 둔 거지?"

"나만 놔둔 건 아니었다."

"하지만 당신은 딱히 다른 계약자들과 같은 이유로 내버려 둔 건 아니잖아?"

"……."

1세대 구세록의 계약자들이 재해 지역을 방치한 것은 현실적인 이유들 때문이었다.

일단 되도록 구세록의 계약자들 스스로의 존재를 비밀스럽게 유지하고 싶다는 이유가 있었다. 그리고 재해 지역을 수복하면 국가가 방위 시스템을 확장해야 한다는 리스크를 고려하지 않을 수 없었다.

하지만 사다모토 아키라가 일본의 재해 지역을 방치한 이유는 그런 것들이 아니었다. 그는 처음부터 재해 지역의 수복에 관심이 없었다.

"…어차피 전부 끝난 일이니까."

도쿄에 있는 몬스터들을 모조리 처치하고, 그 땅을 인류에게 되돌려 준다 해도 이미 오래전에 죽어버린 그의 아내와 딸이 돌아오는 것은 아니다.

그러니까 그는 '이미 끝나 버린 땅'에는 관심을 두지 않는 것이다.

"0세대 각성자는 대체 어떤 존재이길래 이럴 수 있는 걸까."

소년은 사다모토 아키라가 보고 있던 기사를 빠르게 훑어보면서 중얼거렸다.

이제 일본의 최정예 헌터 병력과 그들을 지원하기 위한 자위대 병력이 중부 지방으로 집결할 것이다.

하지만 그들은 이번 작전의 주역이 아니다.

팀 섀도우리스.

이미 한국의 재해 지역 강원도를 수복한 그들이 올 것이다.

"좀 나갔다 올게."

소년이 방문을 열자 사다모토 아키라가 물었다.

"어딜 가려고?"

"한국."

"이 타이밍에?"

"만나보고 싶은 사람이 있어."

그 말을 끝으로 소년이 텔레포트로 모습을 감추었다.

* * *

일본 정부는 팀 섀도우리스에게 나고야 수복 작전을 맡기기 위해서 마력석 2톤에 더해서 2,000억 엔이라는 어마어마한 대가를 베팅했다.

대신 이것은 어디까지나 성공 보수다. 실패할 경우에는 아무런 대가도 받지 않도록 계약을 맺었다.

'아티팩트 광휘의 검을 온건하게 손에 넣은 걸 생각하면 이 정도쯤이야……'

사실 용우 입장에서는 그 일만으로도 나고야 수복 정도는 해결해 줄 수 있다고 생각했을 정도다.

하지만 김은혜는 강원도를 단기간에 수복한 팀 섀도우리스의 실적을 무기로 일본 정부에서 저만한 대가를 뜯어내었다.

'이번 분기 인센티브도 든든하게 챙겨줘야겠군.'

이미 김은혜의 벌이는 공무원 시절과는 비교도 되지 않았다. 그녀에게 지급하는 연봉 5억은, 그녀가 받은 인센티브에 비하면 푼돈에 불과할 정도다.

'놈은 나고야에 나올까?'

사다모토 아키라에게 새벽의 해머를 양도받는다. 그것이 용우의 당면 과제였다.

하지만 사다모토 아키라가 워낙 신출귀몰해서 미국의 정보망으로도 위치를 특정하지 못하는 상황이다. 용우가 그와 접촉해서 공간 좌표를 따내야 하는 것이다.

"뭐, 일단은……."

용우는 상념에서 깨어나서 주변을 둘러보았다.

그가 훈련장으로 쓰고 있는 소멸한 게이트 내부, 광활한 사막 지형이 펼쳐진 곳이었다.

그 한복판에 용우를 중심으로 거대한 파괴의 상흔이 남아 있었다.

쿠르르르…….

열기와 연기가 끓어오르는 가운데 용우가 중얼거렸다.

"역시 안정화가 빡세군."

그의 앞에는 푸른 에너지 코어와 붉은 에너지 코어가 떠 있었고, 각기 다른 색깔과 형태를 띤 성좌의 무기 네 개가 사방에 흩어져서 대지에 꽂혀 있었다.

〈어이, 캡틴. 혹시 시간 있냐?〉

그때 문득 휴고의 텔레파시가 날아들었다.

"왜?"

〈괜찮으면 그쪽으로 텔레포트 유도 좀 해줘.〉

용우는 거절할까 하다가 생각을 바꿨다.

'잘 안 되는 일 계속 붙잡고 있으니 잠깐 기분 전환이라도 할까?'

용우가 텔레파시로 공간 좌표를 공유해 주자, 휴고가 텔레포트해 왔다.

"으엑, 이게 뭐야?"

휴고가 오자마자 그의 허공장이 주변 환경에 반발했다.

수백도의 고온에 유독성 연기가 피어오르고 있는 것이다. 일반인이라면 몇 초도 버티지 못하고 숨이 끊어졌을 극악의 환경이었다.

"이런 건 오기 전에 말을 해줘야지!"

기겁한 휴고가 환경에 대응하는 스펠을 펼치면서 따지고 들었다.

하지만 용우는 조금도 미안해하지 않고 능숙한 영어로 대꾸했다.

"너한테는 위협이 안 되잖아? 그리고 예상치 못한 환경에 떨어졌을 때의 훈련이 된다고."

"말이나 못하면……."

"그보다 무슨 일인데? 난 중요한 일을 하던 중이니까 시답잖은 용건은 아니었으면 좋겠는데."

"…이 난장판을 보니까 뭘 하고 있었는지는 알겠다."

하스라 코어와 볼더 코어, 그리고 네 개의 성좌의 무기가 주변에 널려 있는 모습을 보니 용우가 무슨 작업을 하고 있었는지는 일목요연했다.

"맨투맨 트레이닝을 부탁하고 싶어서 온 건데… 이거 엄청 중요한 작업이잖아. 안 되겠군."

용우는 볼더 코어와 하스라 코어를 이용해서 성좌의 무기 네 개를 융합시키는 작업을 진행하고 있었던 것이다.

"음? 왜 차준혁 놔두고 나한테 온 거야?"

용우도 자신에게 남을 가르치는 재주가 없음은 인정하고 있었다.

그도 그럴 수밖에 없는 것이 용우는 학습이나 훈련을 통해서 지금의 경지에 도달한 게 아니다. 심지어 실전 경험조차도 그리 큰 비중을 차지하지 않는다.

어비스의 불가사의한 법칙에 의해서 인간이 지닌 능력이 서로서로에게 융합되면서 지금의 그가 된 것인데, 그걸 어떻게 이론화해서 전수하겠는가?

휴고가 떨떠름한 표정을 지었다.

"그 녀석하고 훈련하는 것도 별로야."

"음?"

"네가 워낙 독보적이라 그렇지 그 인간도 남한테 설명하거나 가르치는 거 진짜 못하거든?"

차준혁은 의심의 여지가 없는 천재였다. 게다가 세상을 보는 시각 자체가 남들과는 동떨어진 경우가 많았다. 그의 감각과 기술은 철저하게 천성으로 완성된 것이고, 그는 그것을 남이 알아먹도록 설명하는 재주가 절망적이었다.

"그런 재주가 있었으면 자신의 노하우를 전수하기 위해서라도 팀 이그나이트에 남아 있었을 거라고 그러던데?"

"…그랬나?"

가끔 뜬구름 잡는 소리를 해서 분위기를 썰렁하게 만들더니, 그게 그런 이유였단 말인가? 그 사실을 알게 되자 용우는 차준혁에게 묘한 동질감을 느꼈다.

"같이 토론하고 연구하면서 훈련하기 좋은 건 현애하고 리 둘이지."

"왜 현애는 이름으로 부르고 미나 씨는 성으로 부르는 건데?"

"둘 다 성으로 불렀더니 현애가 유, 유 하고 부르는 거 싫다고 그냥 이름으로 부르래서."

유현애다운 이유였다.

"어쨌든 리는 원래 이론에도 강한 사람이라 분석적인 시각을 제공하고, 현애는 의외로 주관적인 감각을 잘 풀어서 설명하는 편이거든."

"예전에는 프로 게이머였으니까 그럴 거야. 그때 자기 플레이를 분석하고 설명하는 습관을 길렀을 테니까."

"아, 현애는 각성자 되기 전에는 유명한 e스포츠 선수였다지? 확실히 스포츠 선수들 중에 전략적인 플레이를 하던 사람이 헌터가 되면 그런 면모를 많이 보이긴 해."

휴고가 납득이 간다는 듯 고개를 끄덕였다. 미국에서는 슈퍼스타 취급을 받는 그는 업계 사정에도 밝았다.

"다음에 게임이나 같이하자고 해볼까? 프로 게이머였다가 각성자가 된 거면 게임 이야기 하는 거 싫어하려나?"

"전에는 게임 방송도 종종했던 모양이던데. 같이 게임하고 놀자고 하면 좋아할걸."

그렇게 말하던 용우는 문득 이야기가 계속 다른 길로 새고 있다는 사실을 깨달았다.

"하여튼 나랑 맨투맨 트레이닝을 하려는 이유가 뭔데?"

"너는 남 가르치는 건 진짜 못하지만……."

"그거 굳이 재방송해야 되냐?"

"앞으로는 생략하지."

하지만 피식피식 웃는 휴고의 얼굴을 보니 앞으로도 써먹고 싶어서 안달이 난 것 같았다.

"어쨌든 타락체 모의전 상대가 되어줄 수 있는 건 너뿐이라고."

"아, 그러니까 네 말은 그거지?"

"뭐?"

"나한테 타락체의 방식대로 두들겨 맞고 싶다는 소리잖아."

"……."

휴고의 말문이 막혔다.

용우가 재미있다는 듯 웃었다.

"그런 거라면야 얼마든지 협력해 주지. 네가 바라는 스타일이 어떤 건지 말해봐. 오더 메이드로 두들겨 패주마."

"으음……."

휴고는 자기가 너무 충동적으로 행동한 게 아닐까 후회하면서 식은땀을 흘렸다.

물론 때늦은 후회였다.

4

리사는 불현듯 생각한다.

언제부터 이런 일을 겪었더라?

그리 오래된 일은 아니었다. 아마도 허우룽카이를 죽여서 복수를 달성하고 난 뒤, 용우에게서 아티팩트 빙설의 창을 받았을 때부터일 것이다.

"리사 언니?"

옆에서 유현애가 의아해하며 자신을 부르는 목소리가 들린다.

리사가 두 살 위였기에 유현애는 그녀를 언니라고 불렀다.

'그래. 그랬었지.'

오늘 리사는 유현애, 이미나와 함께 쇼핑을 나왔다.

용우나 우희가 아닌 다른 사람과 함께 외출하는 건 팬텀에서 구출되고 나서 처음 있는 일이었다. 자신이 불안 증세를 보이지 않을까 내심 걱정도 많이 했는데, 나와 보니 걱정했던 일은 전혀 없이 즐거운 시간을 보낼 수 있었다.

그런데 실컷 옷을 쇼핑하고 식사를 하러 가는 길에 갑자기……

소곤소곤.

백일몽이 리사를 집어삼켰다.

그녀는 흑백으로 녹아내리는 세상 속에 있었다. 어지러운 혼돈 속에서 오로지 자신의 주변에서 속삭이는 사람들만이 뚜렷하다.

하지만 리사는 그들의 얼굴을 잘 알아볼 수 없었다. 군중을 슥 훑어보고 나면 하나하나의 얼굴을 뚜렷하게 떠올릴 수 없는 것과 비슷한 감각이다.

소곤소곤.

리사는 이것이 악몽의 파편임을 알고 있었다.

얼굴을 알아볼 수 없는 이 사람들은 전부 그녀의 기억 속 어디엔가 존재하는 사람들이다. 팬텀에 갇혀 있던 시절, 짧은 시간을 함께하고 하나씩 하나씩 사라져 갔던 사람들……

왜 이런 백일몽을 꾸는 것일까?

리사는 그 사실이 궁금했다. 밤에 잠을 자면서 악몽을 꾸는 것은 끔찍할지언정 이상하지는 않았다. 하지만 이 기괴한 백일몽은 이유도, 의미도 알 수 없었다.

"안녕."

그런데 갑자기 녹아내린 세계 속에서 뚜렷한 목소리가 들려왔다.

"당신은?"

리사가 놀라서 물었다.

그녀 주변에 있던 사람들이 모두 사라지고 딱 한 사람만이 남았다.

코트를 입고 후드를 쓴, 그 후드 아래로 새카만 어둠만이 존재해서 얼굴을 알아볼 수 없는 소년이었다.

"나는… 음. 루가루라고 불러."

"루가루? 프랑스어?"

"응? 알아?"

"전에 게임하다가 본 적이 적이 있어. 늑대인간이라는 뜻이지?"

"……"

그러자 소년이 살짝 몸을 꼬는데, 표정은 보이지 않지만 부끄러워하는 것 같았다.

"으, 이미 말해 버렸으니 어쩔 수 없지. 루가루라고 불러. 네 이름은?"

"난… 리사."

"리사? 어, 한국인 아닌가?"

얼굴 없는 소년은 고개를 갸웃하며 중얼거렸다.

그러자 이번에는 리사가 살짝 부끄러워했다. 한동안 잊고 지내던 자신의 본명이 떠올랐기 때문이다.

물론 소년은 리사가 왜 부끄러워하는지 알 수 없었다.

리사가 애써 표정을 다잡으며 물었다.

"당신은 누구?"

"너를 만나고 싶어서 온 사람."

"……."

"정말이야. 하지만 이상하군. 아직 일곱 번째 문이 열렸을 뿐인데 왜 이토록 강력한 몽상가가 존재하지?"

소년이 고개를 갸웃하는 순간이었다.

투학!

리사가 그를 기습했다.

전광석화 같은 기습이었다. 리사는 소년이 자신에게 말을 걸어오는 순간, 이 백일몽 속에서도 몸을 움직이는 감각이 현실과 동일하게 적용된다는 사실부터 확인했다. 그리고 그 확인이 끝나자 즉시 행동에 나선 것이다.

하지만 소년은 그 기습을 받아내고는 당황해서 외쳤다.

"난 적이 아니야!"

"내 선생님은 말씀하셨어."

리사는 싸늘하게 대답하며 소년의 뒤를 점했다. 하지만 그녀가 공격을 가하는 순간, 소년의 몸이 앞으로 미끄러지듯이 멀어져 간다.

리사는 곧바로 그의 등을 쫓아가면서 발차기를 날렸다.

쾅!

폭음이 울리며 녹아내리는 백일몽의 세계가 뒤흔들렸다.

"와, 진짜 공격적이네. 몽상가는 다들 자존감이나 자의식이 바닥인 편인데 왜 이렇게……."

"정보적으로 우위에 선 걸로 으스대면서 나를 아랫것 취급하면서 간을 보는 놈들은, 일단 두들겨 패서 무릎 꿇려놓고 아는 것을 탈탈 털어내게 하라고."

"……."

리사의 말에 소년의 말문이 막혔다. 뭐 저리 과격한 가르침이 다 있단 말인가?

소년이 졌다는 듯 양손을 들어 보이더니 말했다.

"할 말만 하고 갈게. 일단 들어만 줘."

"해봐."

"넌 '몽상가'야."

리사는 잠자코 얼굴 없는 소년의 말을 기다렸다.

"혹시 몽상가가 뭔지는 알아? 물론 사전적인 의미는 아니야."

"구세록에 기록되어 있다는 정도는."

"역시 구세록에 대해서도 알고 있군. 너도 팀 섀도우리스 멤버지?"

"……."

리사는 입을 다물었지만 그는 상관없다는 듯 말을 이었다.

"몽상가라는 건 꿈을 통해서 세계의 경계를 허물 수 있는 존재야. 꿈에서는 물리법칙 따위 무시하고 무슨 일이든 일어나잖아? 몽상가는 꿈을 매개로 현실의 규칙을 무시하는 힘이 있어."

"지금 이것처럼?"

"그래."

"그럼 루가루 당신도 몽상가겠네."

"음, 일단은 그래."

"일단은?"

"그것까지 지금 말해주긴 그렇고."

소년은 스스로에 대해 설명하기를 회피하고 말을 이었다.

"몽상가는 인류에게 잠재된 재능이야. 다만 그 재능은 인류에게는 별 가치가 없고 놈들에게만 가치가 있지."

"놈들?"

"물론 종말의 군단을 말하는 거야."

"놈들에게 가치가 있다는 건 무슨 뜻?"

"대체로 여덟 번째 문이나 아홉 번째 문이 열렸을 때… 그러니까 8세대나 9세대 각성자들이 탄생할 무렵에 그 재능이 개화하게 돼. 그러면 놈들은 몽상가를 찾아서 이용할 수 있게 되지. 그 재능이 어떤 건지, 너는 이미 비슷한 경우를 게이트 안에서 봤을 거야."

종말의 군단이 휴머노이드 몬스터에게 빙의하여 지휘관 개체가 되는 것.

"놈들은 몽상가에게 빙의해서, 게이트를 통하지 않고도 이 세계를 침략할 수 있게 돼."

"그럼… 막을 방법이 없잖아?"

"내가 아는 한에는 없어. 다만 놈들이 몽상가를 이용하는 것에는 꽤 까다로운 제약들이 따라붙어. 지휘관 개체처럼 몬스터를 이용할 수도 없고, 모습이 빙의한 놈의 모습으로 변하거든. 눈에 띄는 테러리스트가 된다고 보면 돼."

"……."

"본래 몽상가는 빨라도 8세대 각성자가 탄생한 후에나 그 재능을 개화해. 하지만 너는 이미 몽상가로서의 재능이 만개했어. 그 사실이 신기해서 만나러 온 거야."

"그러는 너는?"

"나는… 너와는 다르지만 역시 특별한 경우지."

소년이 어깨를 으쓱할 때였다.

콰직……!

뭔가가 깨지는 소리가 울렸다.

"응?"

소년이 놀라서 소리가 난 곳을 바라보았다. 그러자 녹아내리던 백일몽의 세계에 마치 유리가 깨진 것 같은 균열이 퍼져나가면서, 그 너머에서 누군가 모습을 드러냈다.

"역시."

눈을 치켜뜨고 백일몽의 세계로 침입해 들어온 것은 유현애였다.

—영파탄!

그녀는 들어오자마자 소년을 향해 정신체를 공격하는 에너지탄을 쏘았다.

아슬아슬하게 그것을 피해낸 소년이 기겁했다.

"몽상 영역에 침입해 들어오다니, 넌 대체 뭐야?"

"내가 물을 말인데?"

유현애가 리사를 보호하듯 그 앞에 서면서 말했다.

소년이 난처한 듯 신음했다.

"으음, 오늘은 이만 가봐야겠군."

"어딜 도망가려고?"

"아서라, 별로 싸우고 싶지 않아."

유현애가 뛰어들자 소년이 고개를 저었다.

'어?'

순간 유현애는 이상함을 느꼈다. 분명히 한 번의 도약으로 소년 앞까지 왔는데, 소년의 거리가 멀어진다.

'블링크? 아닌데?'

마치 공간 자체가 갑자기 죽 늘어난 것 같았다.

소년이 말했다.

"그럼 다음에 다시 만나자고."

소년은 그렇게 말하고는 꺼지듯 자취를 감추었다.

＊　　　＊　　　＊

유현애와 리사, 이미나는 곧바로 용우네 집으로 달려갔다.

"아저씨!"

리사가 현관문을 열자마자 뛰어 들어간 유현애는 순간 움찔했다.

넓고 화사한 인테리어의 거실, 벽면을 거의 다 차지하다시피 한 초대형 TV에 활달한 걸그룹의 무대 영상이 재생되고 있었다.

그리고 그 앞 소파에는 용우가 혼자 늘어져 있었다.

"……"

잠시 침묵이 흘러갔다.

용우가 눈살을 찌푸리며 물었다.

"갑자기 뭐야?"

"아, 아니, 그게, 그러니까……."

우왕좌왕하던 유현애가 겨우 마음을 가라앉히고 말했다.

"…아저씨도 걸그룹 좋아해요?"

"뭐, 싫어하진 않지. 근데 이건 그런 게 아니라 그냥 나 없는 동안 히트한 드라마나 가수나 예능이나 그런 걸 다 보고 있는… 잠깐, 내가 왜 변명을 하고 있지?"

용우가 짜증을 내면서 TV를 꺼버렸다.

그러자 유현애가 우후후, 하고 음흉한 웃음을 지으며 말했다.

"에이, 남자가 걸그룹 좋아할 수도 있지. 진즉 말하지 그랬어요. 나 알고 지내는 걸그룹 언니들 많은데."

"그러니까 그런 거 아니거든?"

"그런 게 어떤 건데요?"

"……"

말로는 당해낼 수가 없다. 용우가 혈압이 오르는 걸 느끼며 화제를 돌리려고 할 때, 리사가 말했다.

"현애야, 정말 그런 거 아니야."

"응? 언니?"

"선생님은 걸그룹을 좋아해서 그러시는 게 아니라 매해마다 유명했으면 남녀를 가리지 않고 다 보셔. 걸그룹만이 아니라 보이그룹도 자주 보시는걸? 지금 나오던 것도 요즘 걸그룹이 아니라 2016년 걸그룹이야."

"……"

옹호한다고 해주는 말이 어째 더 가슴에 아프게 박힌다.

'뭐지? 내 취미 생활이 이렇게 안타까운 일이었나?'

형용할 수 없는 기분에 사로잡힌 용우를 구원한 것은 이미나였다.

"불쑥 찾아와서 미안합니다. 실은 밖에서 사고가 터져서……."

"아, 그렇지. 리사 언니가 몽상가래요!"

유현애가 흥분해서 말했다.

"뭐?"

"이상한 놈이 이상한 방법으로 리사 언니를 찾아와서 이상한 짓을 하면서 그런 소리를 하더라니까요!"

"……."

당연하지만 무슨 소리를 하는지 당최 알아들을 수가 없었다.

*　　　　*　　　　*

잠시 후, 분위기가 좀 정리되고 나서 자세한 이야기를 들은 용우의 표정이 굳어졌다.

"몽상가의 뜻이 그런 거였나."

"죄송해요."

"뭐가?"

갑자기 리사가 사과하자 용우가 물었다.

"백일몽에 대해서 미리 말씀드리지 않은 거요."

"그건 됐어. 네 입장에서는 당장 말해야겠다는 생각이 안 들 만도 하니까. 설명을 들어보니 그 몽상 영역이라는 건 정보세계로군."

"정보세계요?"

"뇌가 꿈을 꾼다는 행위를 매개체로 정보세계를 자아내는 거지. 내가 보여준 스펠 중에도 그런 게 있잖아?"

예를 들어 불꽃의 군주 볼더를 끝장낼 때 썼던 '몽환포영(夢 幻泡影)'은 그런 계통의 스펠 중에서도 최상위에 위치한 스펠이 다.

유현애가 고개를 끄덕였다.

"아, 그런 거 맞을 거예요. 훈련 때 기억 때문에 제가 그 안 에 들어갈 수 있었으니까."

"음……."

"왜 그렇게 못마땅한 눈초리로 절 보는 건데요? 여기서는 칭찬이 나와야 할 타이밍이잖아요?"

"그건 그런데 칭찬하기가 진짜 싫어서 그런다."

"에이, 삐지지 말아요."

"됐고. 어쨌든 그놈 정체가 뭔지는 모르겠지만… 그놈의 정 보가 진실이라고 가정하면 몇 가지 수수께끼가 풀리긴 하 군."

용우는 지금 떠올린 가설 몇 가지를 말했다.

리사는 몽상가다. 그래서 비정상적으로 성좌의 힘에 대한 적성이 높은 것이다.

그리고 아마도 팬텀의 실험체 중에 셀레스티얼의 그릇이 된 자들은 전부 몽상가의 자질을 가진 자들이었을 것이다.

"원래대로라면 그 자질은 일종의 타이머가 달려 있었다는 소리고."

이 세계에는 초능력이라고 불러야 할 특수한 능력의 소유자들이 있었다. 권희수 박사와 차준혁이 대표적인 케이스다.

그들은 퍼스트 카타스트로피의 순간 그 능력을 손에 넣었다.

"불특정 다수의 재능에 타이머를 달아놓고 원하는 때 각성시킨다……. 이건 너무 웃기는데. 각성자 튜토리얼의 선별 작업이라는 게 수상하군."

각성자 후보자로 선택되어 각성자 튜토리얼로 소환되는 자는 2만 명.

하지만 그 선별 과정은 전 인류를 대상으로 하고 있을 것이다. 그렇다는 것은 그 과정에서 단지 각성자 튜토리얼에 적합한 자를 골라내는 것만이 아니라 다른 작업이 동시에 진행됐다 해도 이상할 게 없다는 뜻이다.

"선별 작업이 일어날 때 내가 받아보면 실체를 파악하기 용이할 것 같은데… 이건 아직도 반년 이상은 남았군."

어쨌든 용우는 그 과정에서 몽상가의 자질을 가진 자들에게 그 힘이 부여되고, 구세록의 규칙이 허용하는 때가 되면 활성화되는 것이리라 추측했다.

"그런데 그게 팬텀의 실험으로 인해서 미리 깨어났다는 건데."

"그러면 팬텀의……."

팬텀이 화제에 오르자 리사의 목소리가 떨려 나왔다. 흠칫한 그녀는 차분하게 심호흡을 해서 동요를 가라앉히고는 말했다.

"…저 말고도 구출된 사람들 중에 몽상가의 능력을 각성한 사람이 있지 않을까요?"

리사는 세계 각지에 퍼져 있는 팬텀의 연구시설을 파괴하고, 그곳에서 모르모트 취급을 받고 있는 사람들을 해방시켰다.

단순히 때려 부수기만 한 게 아니라 뒤처리도 확실하게 했다. 해방된 자들은 전부 애비게일 카르타와 백원태가 운영하는 재단에서 거두어서 돌보고 있었다.

"가능성은 있지. 뭔가 이유를 붙여서 테스트를 해보게 해야겠군."

이 건은 애비게일 카르타와 백원태 사장에게 부탁하면 알아서 잘 처리해 줄 것이다.

"산 너머 산이라더니."

용우가 한숨을 쉬었다.

한 가지 해결했다 싶으니 또 다른 문제가 앞을 가로막는다.

"역시 구세록 문제를 해결해야겠는데… 하여튼 일단 걸리는 건 두 가지."

첫 번째는 당연히 이 모든 정보를 알려준 얼굴 없는 소년의 정체는 무엇인가?

"이놈이 탈출자일지도 모르겠는데?"

"다른 세계의 사람이라는 건가요?"

"어쩌면."

그렇다면 반드시 만나서 정보를 캐내야 할 대상이었다.

"그리고 또 하나는… 리사의 몽상가로서의 능력이 통제가
안 된다는 부분."

"제가 적들에게 빙의당할 수도 있을까요?"

"그럴 수도 있겠지. 하지만 걱정하지 마. 대응책은 많으니
까."

용우는 그 문제에 대해서는 확고한 자신감을 보였다.

"일단은 애비게일과 백 사장님한테 부탁부터 해야겠군."

그리고 그들에게 연락을 한 용우는 뜻밖의 정보를 듣게 되
었다.

*   *   *

크로노스 그룹은 한국을 기반으로 한 글로벌 대기업이다.

당연히 그들은 가깝고, 국토방위가 안정적으로 이루어지는
일본에도 상당한 자본을 투입해서 여러 사업체를 굴리고 있
었다.

팬텀의 연구시설에서 구출된 소년, 타카야마 준이치를 돌보
고 있던 병원은 크로노스 그룹이 상당한 지분을 차지하고 있

는 곳이었다.

"실종됐다고요?"

그 타카야마 준이치가 2개월 전에 실종되었다. 아무런 흔적도 남기지 않고 홀연히.

[그렇습니다. 그 전에 자살 기도도 두 번이나 할 정도로 상태가 심각했다고 합니다.]

"실종자는 그 소년뿐입니까?"

[우리 쪽에서 맡은 인원 중에서는 그렇습니다. 경찰에 신고도 했고, 우리 쪽에서도 사람을 써서 찾아보고 있는데 찾지 못했습니다. 그리고 이 소년, 특이 사항이 하나 더 있습니다.]

"뭡니까?"

[일본 참의원이었던 아버지가 7년 전에 사다모토 아키라에게 살해당했습니다.]

"……."

이유는 말하지 않아도 알 수 있었다. 정치인이 사다모토 아키라의 타깃이 될 이유는 한 가지뿐이니까.

[그 일 이후로 본인은 학교에서, 가족 전체가 마을에서 이지메를 당하다가 한국으로 도망치듯 이민을 왔다는군요.]

하지만 타카야마 준이치는 어떤 루트인지는 몰라도 아니마에 중독되었고, 팬텀이 실험체를 고르는 기준에 걸려들어서 인체 실험 모르모트로 납치당하고 말았다.

"…꽤나 기구한 삶이군요."

[정말로 그렇습니다.]

용우가 기구하다고 말할 정도로 타카야마 준이치의 인생은 만신창이였다.

"추가로 정보가 들어오면 알려주세요."

[그러죠. 나머지 인원에 대한 테스트는 바로 실행하겠습니다.]

"감사합니다."

용우는 전화를 끊고 나서 중얼거렸다.

"놈의 처우는… 사정을 들어보고 결정해야겠군."

탈출자는 좋은 아군이 될 수 있는 존재일 것이다. 리사를 찾아왔을 때의 일로 미루어 보건대 전투 능력도 탁월할 것 같았다.

하지만 용우가 적과 아군을 가르는 기준은 능력이 있느냐 아니냐가 아니다. 만약 탈출자가 타카야마 준이치의 몸을 강탈한 거라면……

'도망쳐 온 곳이 지옥이었다는 걸 가르쳐 줄 뿐이지.'

Chapter41

나고야 수복 작전

1

2029년 3월 중순.

과거 일본 중부 지방의 심장부 역할을 했던 대도시, 나고야를 수복하기 위한 작전이 시작되었다.

나고야가 재해 지역이 된 이유는 8등급 몬스터들의 존재 때문이다.

폐허 위에 숲이 형성되고 있는 나고야 시내에 두 마리의 8등급 몬스터가 포진해 있었다. 그것만으로도 일본은 지리적으로 대단히 중요한 도시를 잃어버리고 만 것이다.

나고야 시가 재해 지역이 된 후로는 아이치 현에 방위 라인을 형성하고 몬스터 개체수를 관리하면서 지역 간 연결성을 유지하는 것만이 일본이 할 수 있는 최선이었다.

"확실히 강원도보다 훨씬 좁은 지역에 몰려 있군……."

강원도의 경우는 강원도 전역에 띄엄띄엄 8등급 몬스터 세 마리가 세력권을 형성하고 있었다. 하지만 이번에는 구 나고야 시내로 범위가 한정되어 있는 것이다.

작전 지역이 좁아지는 건 환영이지만, 골치 아픈 부분도 있었다.

두 8등급 몬스터의 서식지가 그리 멀리 떨어져 있지 않았다. 전투를 벌이면 반드시 다른 한 놈도 같이 상대하게 된다고 봐야 했다.

뿐만 아니다. 나고야 전역이 8등급 몬스터들의 인지 거리다. 어디서 무엇과 싸우든 놈들을 자극해서 불러들이게 되는 것이다.

'확실히 일본 입장에서는 난공불락으로 보이겠어.'

얼마 전부터 용우는 일본에도 스펠 스톤을 공급해 주고 있다.

하지만 설령 일본의 최정예 헌터 전력이 8등급 몬스터를 상대할 만한 수준이 된다 해도 나고야 수복은 무리다.

필연적으로 난전이 벌어질 수밖에 없고, 그런 상황에서 8등급 두 개체를 동시에 상대해야 하니까.

용우가 일본 쪽에서 제공한 브리핑 자료를 보고 있을 때, 유현애가 말했다.

"이거 잘하면 하루 만에 끝날지도 모르겠는데요?"

넓은 지역에서 작전을 펼칠 때는 서포트를 맡을 이들이 작전에 따라서 배치될 때까지의 시간이 필요하다.

하지만 이번 작전은 범위가 나고야 시내로 한정된다. 단 한 번의 작전으로 8등급 몬스터 두 개체를 제거하면 그것으로 모든 문제가 해결되는 것이다. 팀 섀도우리스가 8등급 몬스터 제거에 실패하지 않는 한 작전 기간이 길어질 이유가 없었다.

"후딱 끝내고 일본 관광이라도 하죠? 요즘 해외여행도 하기 힘든데."

"일본 정부가 우리를 그렇게 조용히 놔둘 리가 있겠냐? 특히 너는 아마 이런저런 자리에 참가해 달라고 난리가 날걸?"

"그거야 뭐, 이런 일에 저 같은 미소녀가 있으면 대중한테 이미지마케팅하기 좋으니까 어쩔 수 없죠."

"……."

"왜요? 객관적으로 봐도 그렇잖아요?"

"인정하고 싶지 않군. 그게 객관적인 시각이라는 것을……."

둘 다 나고야 수복 작전은 이미 성공한 것처럼 말하고 있었다.

사실 강원도 수복 작전이 얼마나 수월하게 이뤄졌는지, 그리고 그 후로 팀 섀도우리스의 전력이 얼마나 향상되었는지를 생각하면 당연한 일이다. 그들에게 있어서 8등급 몬스터 때문에 형성된 재해 지역은 더 이상 위협이 되지 못했다.

유현애가 킥킥 웃었다.

"근데 이거, 저랑 미나 언니랑 준혁 오빠만 완전히 손해 보는 역할인데 너무하는 거 아니에요?"

"휴고는 왜 빼?"

"휴고는 그런 거 즐기잖아요."

"너는 안 즐기고?"

"뭐, 아주 안 즐긴다고 하진 않겠는데, 높으신 분들이랑 웃으면서 언론에 나갈 사진 찍는 게 즐거울 리가 없잖아요."

유현애는 과거에는 프로 게이머였고, 헌터가 된 후로는 연예인 생활은 하지 않아도 종종 개인 방송도 하고 언론의 취재에도 응하고 있었다.

용우와 달리 대중의 관심을 즐기는 성격인 것이다. 팀 섀도우리스가 된 후로 인지도가 더더욱 올라서 인터넷 포탈에서 검색 키워드 순위 1위를 했다고 희희낙락하면서 단체 채팅방에다 자랑을 한 것만 봐도 알 수 있으리라.

"세상은 원래 단물만 빼먹고 살 수는 없는 법이지. 어쨌든 열심히 해라. 난 리사랑 둘이서 교토의 찻집에라도 가볼 테니까."

"와, 너무해. 뭐, 마음대로 해요. 난 작전 끝나면 미슐랭 쓰리 스타 받은 스시집들을 다 돌아보고 싶다고 할 거예요. 전에 한번 예약해 보려고 했는데 어림도 없더라고요. 하지만 나고야를 수복해 준 영웅한테 그 정도야 해주겠지."

"……."

용우가 움찔했다.

나고야 수복 작전을 성공하기만 하면 일본 정부는 저런 요구는 얼마든지 들어줄 것이다. 정체를 감추고 있는 용우와 리사는 누릴 수 없는 혜택이었다.

'젠장, 저건 좀 부러운데.'

용우는 지구로 돌아온 후로 식도락의 즐거움에 눈을 떴다. 그래서 종종 가격을 신경 쓰지 않고 맛있는 곳에 우희, 리사와 함께 먹으러 다니는 것이 소소한 삶의 낙으로 자리 잡았다.

"헤헹. 부럽죠? 세상은 원래 단물만 빼먹고 살 수는 없는 법이랍니다."

"……."

자기가 한 말을 고스란히 돌려받은 용우는 흥, 하고 고개를 돌려 버렸다.

*　　　*　　　*

나고야 수복 작전에는 일본만이 아니라 전 세계가 주목하고 있었다.

한국과 미국이 손잡고 추진한, 권희수 박사가 중심이 되어 완성한 비밀 프로젝트의 결과물인 팀 섀도우리스.

그들은 인류가 지금까지의 경험을 기반으로 설정한 한계를 초월하는 전투 능력의 소유자들이었다.

오랫동안 한국의 골칫거리였던 재해 지역 강원도를 수복한 그들이, 이번에는 일본의 나고야를 수복하기 위해 나선다.

모두가 촉각을 곤두세울 수밖에 없는 사건이었다. 나고야가 수복된다면 세계 각국은 앞다퉈서 팀 섀도우리스에게 재해 지역 수복을 의뢰할 것이다.

그리고 그 작전 과정은 사람들의 상상을 초월하고 있었다.

[7등급 바람용 소멸.]

[뭐? 벌써?]

작전은 나고야 북쪽과 동쪽의 포격으로부터 시작되었다.

8등급 몬스터들을 꾀어내기 위한 미끼였다. 8등급 몬스터들이 무인 병기들을 부수는 동안 일본 최정예 헌터들이 나고야로 돌입, 대규모 화력 지원을 받아가면서 몬스터들을 처리한다.

작전 참가자들은 모두 목숨을 걸고 나섰다. 8등급 몬스터들이 언제 다시 시내로, 자신이 있는 곳으로 시선을 돌릴지 알 수 없으니 당연했다.

게다가 나고야 시가지에는 7등급 몬스터까지 있지 않은가?

그런데…….

[우리보다 늦게 진입했을 텐데?]

나고야 외곽에서 6등급 몬스터와 교전 중이던 헌터 팀이 어이없어했다.

그들보다 늦게 나고야에 진입한 팀 섀도우리스가, 훨씬 깊숙한 곳에 자리 잡고 있는 7등급 바람용을 잡아버렸다.

지휘부가 상정한 베스트 시나리오보다 훨씬 빠르게 바람용이 침묵했다.

통신이 술렁였다.

[진짜냐?]

[말도 안 돼! 아무리 그래도 그렇지…….]

7등급 몬스터를 무슨 저등급 몬스터 처리하듯이 해치우다니, 아무리 뛰어난 헌터들이라도 그럴 수가 있단 말인가?

실시간으로 그 과정을 지켜본 지휘부도 경악과 불신에서 헤어나지 못하고 있었다.

"맙소사. 정말로 고스트보다 더 강한 것 같군."

"피의 레지스탕스, 그라도 저렇게는 못하겠지."

이런 작전에서 지휘부에 자리를 차지하고 있을 정도면 당연히 고스트에 대해서 알고 있었다. 공포의 살인자로만 알려진 사다모토 아키라가 실은 일본인의 수호신 같은 존재라는 것 또한.

하지만 그런 그들이 보기에도 팀 섀도우리스의 전투 능력은 충격적이었다.

지금 팀 섀도우리스는 전원 변신조차 하지 않고 작전을 수행 중이다.

바람용은 인지 거리 밖에서 날아든 서용우와 유현애의 저격에 난타당해서 허공장이 관통당했다.

당연히 바람용도 자신의 권능, 기상을 바꾸는 권능으로 저격수들을 쓸어버리려고 했다. 하지만 그러자 휴고와 차준혁, 이미나가 뛰어들어서 접근전으로 바람용이 거대 규모의 권능을 쓰는 것을 막았다.

그러는 동안에도 서용우와 유현애의 저격이 계속되면서 착실하게 허공장을 깎아먹었고…….

상공에 나타난 리사가 용우가 즐겨 쓰는 수법, 벙커 버스터를 초열투창으로 발사하는 것으로 결정타를 날렸다.

바람용의 허공장이 구멍이 뚫리면서 승패의 저울이 결정적으로 기울어졌고, 근접전을 담당한 세 명은 손쉽게 바람용의 숨통을 끊어놓았다.

뿐만 아니었다.

[6등급 메탈드레이크 소멸.]

다시금 통신망이 술렁였다.

전술 시스템의 데이터가 말해주고 있었다. 팀 섀도우리스는 교전을 시작하고 단 3분 22초 만에 7등급 바람용을 잡았다.

그리고 2인 1조로 흩어져서 주변의 몬스터들을 닥치는 대로 학살하고 있었다.

그렇다. 학살이었다.

그들의 근처에 포착된 몬스터들이 줄어드는 속도는 달리 표현할 말을 찾을 수 없는 수준이었다.

                    *   *   *

　나고야 중심가에는 높이 180미터의 방송탑, 나고야 테레비 탑이 있었다.

　과거에는 전망대 역할을 수행했던 그 건축물은 나고야 시내에서 터진 게이트 브레이크 때 중간이 잘려서 꺾어버렸다.

　하지만 그럼에도 가장 높은 곳은 80미터가 넘었고, 용우가 저격을 위한 포인트로 삼기에는 괜찮은 곳이었다.

　용우는 부서진 방송탑의 철골 위에서 중얼거린다.

　"순조롭군."

　그는 그렇게 말하면서 대(對)몬스터 저격총 제우스의 뇌격으로 저격을 가한다.

　하늘이 뻥 뚫려 있기에 위성 시스템의 지원은 물론, 드론들이 도심을 날면서 디테일하게 데이터를 보정까지 해주고 있는 상황이다. 초장거리 저격을 가해도 명중률이 높았다.

　"시간 끌지 말고 폭격 시퀀스로 넘어가는 게 나을 텐데."

　여기까지 작전 개시 후 21분.

　지휘부 입장에서 보면 말도 안 되게 빠른 페이스다. 설마 이 타이밍에 바람용 제거가 가능할 거라고는 상상도 못 했으니까.

하지만 팀 섀도우리스 입장에서 보면 답답한 전개였다.

분명 지휘부는 합리적이고 효율적인 작전을 입안하고, 진행하고 있다. 일본 최정예 헌터들의 작전 수행 능력 역시 훌륭하다.

하지만 그 모든 것은 어디까지나 헌터 업계의 상식 위에서 이뤄지고 있는 것이다.

규격을 초월한 강자들, 팀 섀도우리스 입장에서 보면 답답할 수밖에 없었다.

용우 옆에 있던 리사가 말했다.

"우리가 단독으로 하는 편이 훨씬 효율적일 텐데요."

"그건 그렇지. 하지만 다 필요한 일인 거 알잖아?"

사실 팀 섀도우리스는 단독으로도 나고야 수복 작전을 해낼 수 있다. 전원이 변신하고 보이는 몬스터는 다 죽여 버리면 그만이니까.

하지만 그래서는 좋은 일 해주고도 좋은 인식을 얻을 수가 없다. 이해할 수 없는 괴물 취급이나 받지 않으면 다행이다.

"꼭 그래야 하는 것도 아닌데 굳이 사람들이 받아들일 수 없는 충격을 던져줄 이유는 없다고 그랬죠."

용우가 생각한 바는 아니었다.

김은혜가 그렇게 용우를 설득했다. 그녀는 팀 섀도우리스의 대변인으로 외부와 접촉하고 있는 입장이다. 그렇기에 그저 압도적인 힘을 과시하기만 해서는 위험하다고 생각했다.

팀 섀도우리스는 각국 정부에 있어서 대화가 가능한 상대여야 한다.

인간을 위해 싸우고 있으며, 인간과 협력할 수 있는 존재임을 지속적으로 각인시켜 주지 않으면 안 된다.

용우도 김은혜의 의견이 옳다고 여겼다.

나고야 수복 작전이 팀 섀도우리스라는 소수의 초인에 의한 업적이 되어서는 안 된다.

이 세계의 상식에 속하는 자들이 팀 섀도우리스와 함께 목숨을 걸고 싸워서 쟁취한 결과가 되어야만 했다.

"예전이었으면 그게 무슨 헛소리냐고 했을지도 모르겠네요."

리사가 전투의 소음으로 가득한 도시의 폐허를 보며 말했다.

팬텀에서 구출된 후로 리사는 인간에 대한 불신과 혐오를 느꼈다. 오로지 용우와 우희만이 특별한 존재일 뿐, 세상에 나가면 모두가 불신과 혐오의 대상으로 보이던 때가 있었다.

지금도 어느 정도 그런 감정이 남아서, 리사는 자신과 상관없는 군중을 보는 것이 고통스러웠다. 그들 사이에 괴물이 숨어 있다가 자신을 덮칠 것만 같은 불안감을 느껴서였다.

하지만 이제는 자신이 그들 속에서 살아가야 한다는 사실을 안다.

설령 다시는 새로운 누군가와 관계를 맺지 않는다고 해도 상관없다. 타인과의 관계에 얽매이지 않고 혼자서 살아간다 해도, 모르는 수많은 사람들이 만들어낸 세상은 필요했다.

[전 병력, 시가지 밖으로 후퇴. 5분 후에 폭격이 시작된다.]

용우와 리사가 TV탑의 폐허에서 저격수 역할을 수행하고 있을 때, 지휘부의 명령이 들려왔다.

"이제 결정이 났군. 그래도 생각보다는 판단이 빠른데?"

"그냥 물러나실 건가요?"

"물론 아니지. 헌터들이 빠지기 쉽게 도와주자."

"네."

용우와 리사는 텔레포트로 공간을 뛰어넘어서 전장으로 뛰어들었다.

*　　　　*　　　　*

나고야 수복 작전은 상상한 것 이상으로 순조롭게 흘러가고 있었다.

순조롭기만 하면 모르겠는데 진행이 굉장히 빠르다. 너무 빨라서 지휘부의 판단이 따라가지 못할 정도였다.

7등급 바람용, 그리고 6등급 몬스터 일곱 개체가 처리되기까지 걸린 시간은 불과 27분.

직접 보면서도 믿을 수 없는 일이었다.

그래도 지휘부는 비교적 빠르게 현실에 적응했다. 그들은

6등급 몬스터가 전부 침묵한 시점에서 전 병력을 시가지 밖으로 후퇴시키고, 항공 자위대에 폭격을 요청했다.

그리고 항공 자위대의 폭격기들이 날아와서 폭격을 시작했다.

육상 자위대 역시 구 나고야 시가지 외곽에 배치한 포들로 쉴 새 없이 사격을 가하고 있었다.

콰과과과광……!

폭음이 끊이지 않고 울려 퍼지고, 도시 전역에 서식하는 몬스터 개체수가 빠르게 줄어들어 간다.

캬아아아아아!

당연하지만 이 폭격은 8등급 몬스터들을 자극했다.

자신들을 도시 밖으로 끌어내서 귀찮게 하던 무인 병기들을 모조리 때려 부순 8등급 몬스터들이 도심으로 돌아오기 시작했다.

이 작전을 시작한 순간, 주사위는 던져졌다.

일본에 있어서 나고야 수복 작전의 리스크는 엄청나게 크다.

자극받은 8등급 몬스터는 자신의 영역을 벗어나길 주저하지 않는다. 이 작전이 실패하면 나고야를 둘러싸는 형태로 구축된 방위 라인이 붕괴할 수도 있다.

즉, 일본 정부는 아이치 현을 비롯한 주쿄권 전역의 운명을 판돈으로 걸고 도박에 나선 셈이었다.

물론 그 도박은 승산이 넘치는 도박이었다. 한국 정부가 넘겨준 강원도 수복 작전의 전투 데이터는 그들에게 확신을 주기에 충분했던 것이다.

"음?"

전용으로 준비된 막사에서 태블릿으로 실시간 영상을 보고 있던 용우가 눈살을 찌푸렸다.

그는 곧바로 지휘부와 무전을 연결했다.

"지휘부, 폭격 중지를 요청한다."

[갑자기 무슨 소리를 하는 건가, 제로?]

"당장 게이트 탐지기를 돌려. 사카에 역 포인트에 게이트가 열리고 있다."

[뭐라고?]

용우의 지적에 지휘부가 경악했다.

곧바로 게이트 탐지기를 돌린 그들이 깜짝 놀랐다.

[공격 중지! 작전 변경한다! 서포트 팀, 지금부터는 8등급들을 지정하는 포인트로 유인하는 데 전력해라!]

지휘부는 그런 명령을 내릴 수밖에 없었다.

[사카에 역 포인트에 40미터급! 나고야 돔 포인트에 45미터급! 게이트 두 개가 동시에 열리고 있다!]

예상치 못한 긴급사태가 덮쳐 왔기 때문이다.

2

구세록의 계약자가 서용우보다 앞서는 점이라면 바로 관측 능력이다.

구세록이 제공하는 관측 능력은 게이트와 몬스터가 있는 곳이라면 세상 어디든지 실시간으로 관측할 수 있도록 만들어준다.

"우연이라고 보기에는 너무 적나라하군."

사다모토 아키라는 오사카의 맨션에서 한 발짝도 나가지 않고도 나고야의 상황을 알 수 있었다.

"놈들이 손을 썼을 거야."

실내인데도 코트를 입고 후드까지 눌러쓰고 있는 소년이 대답했다.

"하지만 40미터급과 45미터급이라니, 8등급 몬스터를 쉽게 상대하는 자들 상대로는 별 의미가 없을 텐데⋯⋯."

"노림수까지는 알 수 없지. 직접 가서 알아보든가."

사다모토 아키라는 의식을 정보 공간에 둔 채로 고민했다.

"아니, 이번에는 지켜볼 거다."

"저들의 능력은 너보다 훨씬 뛰어나. 이제 더 이상 네가 쓸모없다는 사실을 굳이 확인할 필요가 있을까?"

"⋯⋯."

상처를 건드리는 것 같은 소년의 말에 사다모토 아키라는 입을 꾹 다물었다.

　　　　*　　　　*　　　　*

퍼스트 카타스트로피로부터 14년.

인류는 게이트 재해를 대하는 것에 능숙해져 있었다.

그러나 아무리 기술이 발달해도 어쩔 수 없는 것이 있다.

게이트가 발생하면 곧바로 탐지할 수는 있어도, 어디에 어떤 게이트가 출현할지 예보하는 것은 불가능했다.

[젠장! 하필이면 이런 때……!]

[어떻게 이럴 수가 있나!]

작전 중에 작전 지역에 게이트가 발생할 확률은 희박하나마 존재한다.

하지만 그것이 실제로 일어나는 것은 천문학적인 불운이었다.

심지어 8등급 몬스터 공략을 앞둔 상황에서 가까운 지점에 40미터급, 45미터급 두 개의 게이트가 출현하다니, 이건 복권 당첨보다도 희박한 확률이 아닐까?

[고지가 코앞이었는데, 그런데 이렇게…….]

[아직 포기하지 마! 게이트 브레이크부터 막는다!]

[제기랄! 너무 가깝습니다!]

서포터들이 절규했다.

가깝다. 모든 것이 너무 가깝다.

당장 게이트가 출현한 사카에 역 포인트와 나고야 돔 포인트는 직선거리로는 4킬로미터 정도 떨어져 있을 뿐이다.

4킬로는 인간이 도보로 가기에는 제법 먼 거리지만, 8등급 몬스터와의 전투 상황에서는 전혀 먼 거리가 아니다.

그리고 지금 8등급 몬스터들은 각각 이 게이트에서 340미터와 500미터 지점에 위치해 있었다.

당연하지만 8등급 몬스터들은 게이트 안에 있을 때는 코어 몬스터였던 존재들이다. 그 특성은 지금도 건재하기 때문에, 이들이 게이트에 접촉하는 것만으로도 게이트 브레이크가 일어난다!

[드론의 탄이 떨어졌습니다! 젠장, 전혀 돌아보지 않아요!]

[드론으로 들이받기라도 해봐!]

[무인 전차! 어떻게든 관심을 끌어!]

게이트가 육안으로 보이는 거리에 있다. 8등급 몬스터들은 무인 병기들의 공격에 전혀 관심을 주지 않고 게이트로 향하고 있었다.

"지휘부."

그때 무전으로 중저음의 목소리가 울려 퍼졌다.

"공격 중지를 요청한다. 포격을 멈추고, 무인 병기도 전부 물리도록."

음성 변조기를 통해서 나오는 용우의 목소리였다.

[또 무슨 소리를 하는 건가?]

"긴급 상황이라는 건 이해하고 있겠지? 이제부터는 우리가 한다."

[뭐라고?]

"우리가 8등급을 막는다. 게이트의 상황을 파악해. 조짐도 없이 열렸으니 또 무슨 일이 일어날지 모른다."

용우는 그렇게 말하고는 팀원들에게 텔레파시로 말했다.

〈간다. 안 되겠다 싶으면 변신해도 상관없어. 판단은 각자에게 맡기지.〉

〈좋았어!〉

휴고가 흥분해서 외쳤다. 지금까지 그들은 아티팩트를 소환한 채로 싸우고 있었다. 용우가 형상변화로 모습을 바꿔주었기에 그들 말고는 아무도 아티팩트라고 생각하지 못했을 뿐.

"우연이라고 볼 수 없을 정도로 절묘하다면… 필연이겠지."

용우는 이 사태가 천문학적인 우연의 결과라고 보지 않았다.

이것은 분명 누군가의 농간이다. 아마도 종말의 군단의 노림수이리라.

'왜 굳이 이 타이밍을 노린 건지는 모르겠지만.'

용우는 엎드려쏴 자세로 대(對)몬스터 저격총 제우스의 뇌격을 겨누었다.

그 역시 아티팩트를 쓰고 있었다. 형상변화로 팔 보호대 형태로 만든 새벽의 해머였다.

우우우우!

용우의 마력은 아직도 꾸준히 회복 중이라 이미 페이즈24에 도달했다. 거기에 아티팩트의 증폭 능력을 쓰자 출력이 현저히 높아진다.

—워 드레스!

그리고 푸른 불길이 몸을 휘감자 용우의 마력이 8등급 몬스터에 필적하는 수준으로 상승했다.

—사냥꾼의 축복 3연쇄!

빛의 고리 세 개가 총구 앞에 나란히 배치되었다.

—염동뇌격탄!

용우가 방아쇠를 당기자 청백색 에너지탄이 극초음속으로 쏘아져 나갔다.

쫘아아앙!

용우가 노린 것은 40미터급 게이트를 향해 접근하던 8등급 몬스터, 은갑옷거북이었다.

정체불명의 외계 금속으로 이루어진 비늘이 전신을 덮은, 전장 60미터를 넘는 거대한 거북이 형태의 몬스터.

단단하기로는 8등급 몬스터 중에서도 최고 수준이었다. 그러나 마력을 극한까지 끌어 올리고, 마력 증폭 탄두로 위력을 끌어 올린 용우의 저격이 명중하자 그 자리에서 멈춰 서고 만다.

쫘앙! 쫘아아아앙!

용우는 한 발로 그치지 않고 계속 저격을 가했다.

섬광이 은갑옷거북을 때려 폭발할 때마다 주변의 건물들이 터져 나간다. 은갑옷거북은 거북이의 습성대로 등껍질 안쪽으로 숨은 채로 죽죽 밀려났다.

'단단하긴 하군.'

용우가 지금 성좌의 무기가 아니라 아티팩트를 쓰는 것에는 나름대로의 이유가 있었다.

지금의 그가 성좌의 무기를 쓰면 출력이 너무 높아지기 때문이다. 그 어떤 총기류라 하더라도 단 한 발만 쏘면 부서져 버렸다. 권희수 박사의 역작인 윙 슈트의 포신조차도 예외가 아니었다.

현대 기술이 집약된 헌터 장비들은 어떤 의미에서는 아티팩트보다도 더 뛰어난 도구들이다. 그러나 인류의 한계를 아득히 초월한 자가 쓰기에는 한계가 있었다.

치이이익……!

심지어 제우스의 뇌격조차도 이 정도로 위력을 끌어 올려서 쏘면 두 발만 쏴도 총신이 과열되어서 더 이상 연속 사격을 할 수가 없다.

하지만 상관없다.

용우는 두 발 쏜 다음 곧바로 새 총으로 바꾸고 있었으니까.

아공간에 동일한 총기를 수백 정이나 보관하고 있기에 가능한 묘기였다. 어차피 돈이 많아서 썩어 넘칠 지경이기에 용우는 거의 전략 물자라고 불러도 될 정도로 어마어마한 양의 무기와 탄약을 아공간에 저장하고 있었다.

[맙소사.]

[저격으로 은갑옷거북이 저지되고 있잖아?]

지휘부가 경악했다.

일개 저격수의 저격에 8등급 몬스터 은갑옷거북이 죽죽 밀려나다니, 저게 가능한 일이었단 말인가?

뿐만 아니다. 용우가 쏜 에너지탄이 한 발 명중할 때마다 은갑옷거북의 허공장이 가파르게 깎여 나가고 있었다.

그러나 은갑옷거북도 당하고만 있지 않았다.

콰과과광……!

등껍질 속으로 숨은 채로 빙글빙글 돌면서 폐허를 뚫고 가속한다.

걸리적거리는 것들을 전부 부수면서 돌진하는, 비효율적인 방식이다. 그러나 그만큼 방어력이 상승해서 용우의 저격이 튕겨 나가는 게 아닌가?

우우우우우!

그리고 용우와의 거리가 1킬로 미만으로 줄어들자 등껍질이 빛나면서 무수한 육각형의 문양을 만들었다. 그리고 그 육각형의 문양들이 에너지탄이 되어 하늘로 쏘아져 올라갔다.

초음속으로 쏘아져 나간 그 에너지탄이 곡선을 그리면서

용우가 있는 지점을 폭격한다.

콰과과과광······!

일순간에 거리 하나만큼의 면적이 초토화된다.

엄청난 화력인데 그런 공격이 한 번으로 끝나지도 않는다. 제1파가 표적에 도달하기도 전에 제2파, 제3파를 연달아 발사되었다.

은갑옷거북의 반격은 거기서 그치지 않는다. 등껍질 밖으로 고개를 내밀더니 입을 벌리고 포효했다.

그러자 입에서 원뿔형으로 퍼져 나가는 진동파가 뻗어나갔다.

쿠과과과과과!

1킬로미터 저편까지 뻗어나간 진동파가 그 궤적에 걸려든 것들을 모조리 바스러뜨린다. 건물들이 산산조각 나면서 주저앉았다.

'그래도 8등급 몬스터라고 제법 하는군.'

하지만 이 모든 것은 용우에게 터럭 하나만큼의 대미지도 입히지 못했다.

왜냐하면 용우는 에너지탄 폭격 제1파가 도달하는 순간 하늘 높이 텔레포트했으니까.

용우는 고도 3킬로미터 지점을 날며 지휘부에게 고했다.

"벙커 버스터를 쓰겠다. 점화 준비."

용우가 즐겨 쓰는, 벙커 버스터를 초열투창으로 날리는 수법은 이미 전술 회의 때 설명을 해두었다. 그렇기에 일본의 서포터들 역시 빠르게 대응했다.

—초열투창!

벙커 버스터가 점화하는 순간, 용우가 초열투창으로 지상을 향해 발사했다.

콰아아아아앙!

극초음속으로 쏘아져 나간 벙커 버스터가 작렬하자 이미 너덜너덜해져 있던 은갑옷거북의 허공장이 뚫려 버렸다.

키에에에엑!

등껍질이 깨져 나간 은갑옷거북이 고개를 쳐들고 비명을 질렀다.

그리고 그것이야말로 용우가 기다리던 순간이었다.

—염마용참격!

텔레포트로 그 앞에 나타난 용우가 양손 대검에서 전개한 초고열의 에너지 칼날로 은갑옷거북의 목을 베어버렸다.

"하나 끝났고."

용우가 굉음과 함께 쓰러지는 은갑옷거북의 위에서 중얼거릴 때였다.

[아, 안 돼!]

[뭐야! 저게 어떻게 된 거야?]

통신으로 일본인 서포터들의 절규가 울려 퍼졌다.

"음?"

용우도 놀라서 주변을 둘러보았다.

쿠우우우웅……!

순간 공기 그 자체가 몸을 찍어 누르는 것 같은 둔중한 굉음이 울렸다.

용우가 경악했다.

"설마……."

아직까지 직접 눈앞에서 겪은 적은 없다. 그러나 헌터로 활동해 왔기에 이런 현상이 무엇을 의미하는지는 알고 있었다.

게이트 브레이크가 터졌다.

"어떻게 된 거지?"

용우가 즉시 텔레파시로 질문을 날리자 휴고가 대답했다.

〈우리가 아니야!〉

"그럼?"

〈우리는 게이트에서 멀찍이 떨어뜨려서 마무리 작업 중이라고. 뭐가 어떻게 된 건지 모르겠어.〉

그 말은 사실이었다. 용우가 은갑옷거북을 처리하는 동안 다른 이들도 다른 하나의 8등급 몬스터와 싸워서 숨통을 끊기 직전이었다.

쿠구구구구구……!

나고야 돔 포인트에 출현한 45미터급 게이트가 급격히 확장하면서, 그 안에 도사리고 있던 몬스터들이 한꺼번에 현실로 쏟아져 나오기 시작했다.

"젠장, 귀찮아졌군."

용우가 사태를 보는 시각은 지휘부와는 달랐다.

지휘부는 게이트 브레이크가 곧 작전 실패라고 생각했지만, 그러거나 말거나 8등급 몬스터 둘을 다 잡았으니 작전은 성공한 셈이었다.

즉시 전술 데이터를 살펴보던 용우는 눈살을 찌푸리며 텔레포트했다.

"이런 수작이었냐?"

은갑옷거북과 가까이 있던 사카에 역 포인트의 40미터급 게이트.

그 앞에 5등급 몬스터 암석거인이 갑자기 나타나 있었다.

당연하지만 조금 전까지만 해도 없었던 놈이다. 전술 데이터에 기록된 영상을 보니 텔레포트했다고밖에 볼 수 없었다.

크워어어어!

영문을 모르겠다는 듯 주변을 두리번거리던 암석거인이 울부짖었다. 그리고 게이트 앞을 가로막고 선 용우를 향해 손을 뻗는 순간…….

쾅!

용우의 손에 홀연히 나타난 소총에서 에너지탄이 발사되었다.

쾅! 콰쾅! 쾅!

용우는 적당히 위력을 죽인 사격만으로도 암석거인의 관절을 파괴해서 주저앉혔다.

─라이트닝 블로!

곧바로 뛰어든 용우가 그 심장부에 발차기를 꽂아 넣자 암석거인의 에너지 코어가 부서지면서 몸통이 폭발했다.

지금의 용우에게 5등급 몬스터 정도는 잡병에 지나지 않는다.

그런데 그때였다.

팍!

갑자기 용우가 손을 들더니 뭔가를 붙잡았다.

파지지지직!

그 자리에서 격렬한 스파크가 일어나서 공간을 뒤흔들었다.

"역시 네놈들의 수작이었군."

용우가 붙잡은 것은 시퍼런 빛을 발하는 휘어진 칼날이었다.

"타락체."

그것을 붙잡고 용우와 힘겨루기를 하는 것은 상아빛 피부에 화사한 백금발, 그리고 핏빛 눈동자를 가진 타락체였다.

3

"음……!"

상아인 타락체가 당혹감을 드러냈다. 완벽한 기습이라고 생각했는데 용우는 전혀 당황하는 기색 없이 막아낸 것이다.

쾅!

게다가 그걸로 끝나지도 않았다. 검을 붙잡은 채로 그를 끌어당겨서 복부에 일격을 가했다.

"큭……!"

그러나 상아인 타락체도 결코 잡병이 아니었다. 본신 마력은 7등급 몬스터 수준이었고, 용우를 기습한 휘어진 검은 아티팩트보다는 못해도 상당한 마력 증폭 효과를 갖고 있어서 거의 8등급 몬스터에 준하는 마력을 갖고 있었다.

그가 붉은 눈동자를 번뜩이며 말했다.

"…기왕 온 김에 열쇠까지 내가 처리하려고 했는데, 역시 호락호락하진 않군."

"너 같은 상아인 타입을 초월권족이라고 하나?"

용우는 칠흑의 양손 대검을 소환해서 쥐면서 질문을 던졌다.

그러자 상아인이 그런 질문을 받을 줄 몰랐다는 듯 눈살을 찌푸리더니 대답했다.

"그렇다. 세계의 형상을 뜻대로 조각하는 힘을 가진 종족이었지."

말의 내용만 보면 자신이 초월권족이라는 사실에 굉장히 자부심을 가진 것 같다. 하지만 상아인의 태도는 담담하기 그

지없어서 그저 과거의 사실을 말하고 있을 뿐이라는 느낌을
주었다.

그리고 그것은 당연한 일이다. 그는 타락체니까.

스스로의 태생에 대한 자부심은 타락체가 되는 과정에서
깨끗하게 지워졌을 것이다. 지금의 그에게 남은 것은 자신이
과거에 그런 존재였다는 기억뿐이리라.

"그만한 힘이 있었는데도 종말의 군단에 패한 건가?"

"패배하지는 않았다."

"음?"

"네가 알아봤자 의미 없는 일. 제3세계의 인간, 열쇠를 내놓
으면 이 자리에서는 살려주마."

그 말에 용우가 날카롭게 웃었다. 그리고 다음 순간 둘이
격돌했다.

쾅!

초음속으로 부딪친 지점에서 뒤늦게 폭음이 울려 퍼졌다.
그리고…….

"…하, 훌륭하군."

상아인 타락체가 그 자리에 주저앉으며 어처구니없다는 듯
웃었다.

그의 검이 두 동강 나고, 심장부터 복부까지 몸통이 깊숙이
베어져 있었다.

"이런 힘을 가졌으면서도 마지막까지 얼음처럼 차가울 수

있는가……."

상아인은 치명타를 맞은 후에야 자신이 용우의 속임수에 넘어갔음을 깨달았다.

아무렇지도 않게 꺼내서 쥔 칠흑의 양손 대검은 형상변화 스펠로 모습을 바꾼 성좌의 무기 빙설의 창이었던 것이다.

소환해서 쥔 후에 의도적으로 마력을 억눌러 두었기에 알아볼 수 없었을 뿐이다. 용우의 힘이 사실은 자신을 월등히 상회한다는 사실을 모르는 채 부딪쳤으니 이런 결과가 나오는 게 당연했다.

"혹시 네가……."

상아인 타락체는 질문을 던지지 못했다. 용우가 무심하게 검을 휘둘러서 그의 목을 날려 버렸기 때문이다.

"어떻게 된 건지 알겠다. 이놈들 이런 짓도 할 수 있었나."

용우가 짜증을 내며 전술 데이터를 살펴보았다.

하지만 곧 차분하게 사태 파악을 하고 있을 때가 아니라는 사실을 깨달았다.

"…왔군."

지금의 용우조차도 승산을 장담할 수 없는 적이 나타났기 때문이다.

몬스터들이 날뛰는 혼돈의 한복판, 교복을 입은 붉은 눈동자의 소녀가 단발머리를 휘날리고 있었다.

타락체 이비연이었다.

　　　　*　　　　*　　　　*

　종말의 군단은 어떻게 게이트 브레이크를 일으켰는가?

　그 답은 바로 우회 전략이었다.

　그것은 본래 일곱 번째 문이 열린 지금 시기에는 사용할 수 없었던 전략이다.

　하지만 서용우가 구세록의 계약자들을 죽이고, 본인은 계약에 구속되지 않음으로써 제약이 느슨해졌다.

　그 결과 종말의 군단은 몇 가지 이득을 얻게 되었는데…….

　하나는 이미 아티팩트들을 노릴 때 보여주었던 대로 원하는 때, 원하는 곳에 게이트를 출현시키는 게 가능해졌다는 점이다.

　그리고 또 하나는 군단의 탐지 능력자가 지구를 엿보는 게 가능해졌다는 점이다.

　지구를 실시간 관측하는 건 불가능하지만, 아티팩트 보유자나 성좌의 무기 보유자의 위치를 포착할 수는 있게 되었다.

　다만 이런 정보를 제대로 활용하기 위해서는 나름의 대가를 지불해야 했다.

　종말의 군단은 침략 대상이 되는 세계에 게이트를 발생시킬 때마다 자원을 소모한다.

　랜덤하게 발생하는 자연 발생 게이트의 경우는 그리 많은 자원이 들지 않았다. 하지만 원하는 때, 원하는 곳에 게이트를 출현시키려면 자연 발생 게이트하고는 비교할 수 없을 정도로 많은 자원이 들어간다.

게다가 그런 게이트는 정확도가 형편없었다. 지구본을 돌리다가 손가락으로 원하는 도시를 짚는 격이다.

자신들이 원하는 지점에서 수십 킬로미터, 삐끗하면 수백 킬로미터나 떨어진 곳에 출현하는 것이다.

그래서 그들은 유능한 타락체들을 투입했다.

일단 재해 지역 중에서도 광활한 곳에 게이트를 출현시키고, 그 안에 타락체들을 보냈다. 각자에게 지정하는 좌표에 게이트를 발생시킬 권리를 쥐여준 채로.

인류의 방위 시스템이 존재하지 않는 곳에서는 수시로 게이트 브레이크가 일어난다. 당연히 타락체들은 아무런 방해 없이 지구로 나올 수 있었다.

지구로 나온 그들은 곧바로 5등급 코어 몬스터들을 제압해서 확보하고는 일본의 나고야로 향했다. 그리고 전장에서 최대한 멀리 떨어진 곳에 은신한 채로 사태를 지켜보았다.

그리고 결정적인 타이밍에 자신들이 지정한 좌표로 게이트를 출현시키고, 확보한 코어 몬스터를 해방해서 게이트 브레이크를 일으킨 것이다.

*   *   *

한때는 일본 중부지방의 심장부로 불렸던 대도시, 나고야의 폐허에 혼돈이 퍼져 나가고 있었다.

과거에 수많은 관객들이 야구 경기나 가수의 콘서트에 열광했던 나고야 돔.

하지만 지금은 폐허의 일부일 뿐이다. 돔 지붕도 반이 부서져 나갔고 객석 한편도 터져 나가서 훤히 뚫려 있었다.

"……"

괴물들이 수두룩한 그 장소를 한 사람이 말없이 걷고 있었다.

비현실적인 풍경이다.

주변에는 괴물들이 날뛰고 있는데, 교복을 입은 단발머리의 소녀가 무심한 얼굴로 천천히 걷고 있다. 하지만 괴물들은 마치 소녀가 존재하지도 않는다는 듯 그녀를 피해가고 있었다.

"벙어리 공주."

그때 교복을 입은 단발머리의 소녀, 타락체 이비연 앞에 누군가 나타났다.

이계의 언어로 그녀의 별명을 부르는 것은 검푸른 암석을 울퉁불퉁하게 깎아놓은 것 같은 피부를 지닌 존재, 암석인이었다.

"나온 게 너라니 잘됐군."

그는 이비연이 있는 게이트를 발생시키고, 게이트 브레이크를 일으킨 타락체였다.

이비연은 이번 작전의 핵심이었다.

종말의 군단의 타락체 중에서도 손꼽히는 강력함을 자랑하는 자.

그런 그녀가 광휘의 데바나의 화신조차 쉽게 제압한 적들에게서 아티팩트를 탈환할 수 있도록, 군단은 상당한 자원을 투자해 주었다. 그래서 이비연은 이번에는 지난번보다 훨씬 길고 자유로운 활동 시간을 보장받은 상태였다.

"네게는 무의미한 말일지도 모르겠지만… 절대 방심하지 마라. 저쪽을 담당했던 놈은 실패하고, 죽었다."

암석인은 자신과 함께 작전 실행을 맡은 상아인 타락체가 용우에게 쓰러진 것을 감지했다.

"……"

이비연은 대답하지 않았다.

무표정하게 몸을 돌려서 돔 밖으로 향할 뿐이었다.

"음?"

멀어져가는 그녀의 뒷모습을 노려보던 암석인이 움찔했다.

그녀가 향하는 저편에서 선명한 마력 파동이 감지되었기 때문이다. 딱히 위압적인 것은 아니지만 무시할 수 없을 정도로 강렬한 존재감이 느껴졌다.

'뭐지, 이건?'

그가 의아함을 느낄 때였다.

꽈광!

나고야 돔의 지붕을 뚫고 날아든 섬광이 그를 강타했다.

저격이었다. 암석인이 정체 불명의 마력 파동에 시선을 빼앗기는 그 순간을 정확하게 노리고 날아든.

"으윽, 어떤 놈이……."

상시 전개되어 있는 허공장 덕분에 목숨을 부지한 암석인이 고개를 들었다.

콰아아아앙!

눈앞에서 섬광이 번쩍하더니 그를 집어삼켰다.

뿐만 아니다.

―염동폭렬탄(念動爆裂彈) 동시다발(同時多發)!

수십 발의 에너지탄이 주변을 무차별 폭격하고 있었다.

콰콰콰! 콰콰콰콰콰!

관통력보다는 폭발력을 중시한 에너지탄들이 연거푸 터지면서, 나고야 돔 폐허에 우글거리는 몬스터들이 쓸려 나갔다.

"크윽!"

무차별 폭발 속에서 암석인이 솟구쳤다.

텔레포트로 빠져나가려고 시도했지만 폭격과 동시에 안티 텔레포트 필드가 펼쳐져 있어서 그럴 수가 없었다.

―필드 디스펠…….

암석인이 안티 텔레포트 필드의 중심축을 파악하고 필드를 깨려는 순간이었다.

—염동뇌격탄!

극초음속으로 날아든 에너지탄이 그를 강타했다.

"제기랄!"

방어막을 전개해서 그것을 막은 암석인이 짜증을 냈다.

대지에 내려선 그의 눈앞에 누군가 나타났다.

셀레스티얼로 변신한 휴고 스미스였다. 그의 팔에 감긴 뇌전의 사슬을 보며 암석인이 붉은 눈동자를 빛냈다.

"열쇠인가? 그걸 믿고 시건방진 짓을 한 거냐?"

암석인이 으르렁거리는 말은 이계의 언어였지만, 텔레파시를 전개 중이었기에 휴고도 알아들을 수 있었다.

휴고가 같잖다는 듯 뇌전의 사슬을 풀어내며 말했다.

〈온 김에 지구에 뼈를 묻게 해주마, 돌덩어리.〉

"주제 파악을 못……."

쾅!

하지만 암석인은 이번에도 말을 끝까지 이을 수 없었다.

또다시 날아든 저격이 그를 쳐서 날렸기 때문이다.

"한 놈이 아니었나!"

짜증을 내는 암석인 앞에 이미나가 나타났다.

하지만 이번에는 암석인도 공격을 막아내고 스펠을 연타해서 이미나를 뿌리쳤다.

"으음……!"

암석인이 침음하며 주변을 살폈다.

그의 입장에서는 휴고와 이미나만으로도 난적이다. 그런데 그들보다 더 강한 마력을 지닌 차준혁까지 다른 방향을 점하고 있었다.

"네놈들이 광휘의 군주의 화신을 막은 놈들이군."

이미 종말의 군단은 광휘의 데바나를 통해서 팀 섀도우리스의 존재를 인지했다. 그렇기에 차준혁도 굳이 자신을 감추려고 하지 않았다.

〈그래. 그리고 너도 우리 손에 죽는다.〉

"……."

암석인은 그 말을 부정할 수 없었다.

*   *   *

이비연의 등장을 알아차린 순간, 용우는 마력 파동을 넓게 흩뿌렸다.

그것은 부름이었다.

'비연아, 난 여기에 있다.'

그리고 이비연은 그 부름에 응했다.

나고야 중심가의 명물이었던 선샤인 사카에 빌딩.

이 건물은 도심 한복판에서 관람차를 탈 수 있었던 것으로 유명했다. 하지만 빌딩은 반쯤 부서져서 주저앉았고, 더 이상 움직이지 않는 관람차는 녹이 슬어서 바람이 불 때마다 삐걱 거리고 있을 뿐이다.

그렇게 기울어진 관람차 꼭대기에서 두 사람이 마주했다.

검을 든 남녀였다.

한 사람은 테크놀로지가 집약된 미래적인 디자인의 배틀 슈 트를 입고 칠흑의 양손 대검을 들고 있는 남자였다.

또 한 사람은 교복을 입고 서양식 장검을 들고 있는 소녀였 다.

지독히도 이질적인 광경이다.

"오빠."

방금 전까지의 무표정이 거짓말이었던 것처럼 이비연이 슬 픈 미소를 지으며 말했다.

"오빠가 열쇠를 쓰고 있어서 다행이야. 안 그랬으면 다른 열 쇠 보유자를 덮쳤을 거야."

"아티팩트를 목적으로 투입된 거군."

"응."

용우는 아티팩트를 소환해 두길 정말 잘했다고 생각했다. 이비연이 자신의 부름에 응하지 않고 동료들을 덮쳤다면, 한 두 명 정도는 죽었을 수도 있으니까.

"조심해. 지난번하고는 전혀 다를 테니까."

이비연이 최선을 다해서 육체의 움직임을 억누르면서 경고

했다.

"지난번하고 똑같이 생각하고 싸우면… 순식간에 죽을 거야."

"얼마나 다르지?"

"그때의 나는 주어진 활동 시간도 짧았고, 마력 제한도 걸려 있었어. 하지만 지금은 마력 제한이 풀려 있고 무기도 사용 허가가 나와 있어."

"…그 부분은 이상하다고 생각했는데, 역시 제약이 걸려 있었나."

용우는 이비연과의 전투를 수도 없이 반추하면서 분석했다. 하지만 아무리 생각해도 이비연의 본신 마력은 그가 알고 있는 것보다 약한 수준까지만 발휘되었고, 끝까지 검을 쓰지 않은 것도 의문스러웠다.

그런데 지금 이비연의 설명으로 수수께끼가 풀렸다.

"이 검은 열쇠와 비슷한 수준이라고 생각하면 될 거야."

"어비스에 있을 때와 비교하면, 지금의 너는 어떻지?"

"별 차이는 없다고 생각해."

"그건 의외군."

"타락체로서의 나는 인간성이 없는 존재거든. 군단에서도 커뮤니케이션이 안 되는 존재로 알려져 있어. 당연히 향상심도 없지."

"그래서 지난번의 정보가 놈들에게 전해지지 않은 건가?"

"맞아. 다행이었지?"

"정말 그랬지."

용우는 이비연의 인격이 육체를 억제하는 동안 최대한 많은 정보를 뽑아내고자 하고 있었다. 이비연 또한 용우의 승산을 조금이라도 더 높여주기 위해서 빠르게 대답한다.

"전투 시의 버릇이나 성향도 다르지 않아. 그때까지 익힌 것만을 합리적으로 발휘해서 싸우는 나. 그게 오빠가 싸울 타락체야."

"그렇군."

"그럼……."

이비연이 눈을 잠시 감았다가 떴다.

"…죽지 마, 오빠."

그 말을 신호로 두 사람의 전투가 시작되었다.

Chapter42

피와 살로 할 수 있는 것

1

    종말의 군단의 본거지에는 '공장'이라 불리는 장소가 있었다.

    그들이 지배하는 정보세계의 끝, 명확히 정체가 규정된 정보가 모인 영역과 그 너머의 혼돈 사이의 경계.

    그 혼돈은 마치 파도가 밀려오듯이 그들의 영역으로 밀려와서 세계를 침식하고 있었다.

    풀, 꽃, 나무, 들판……

    그렇게 명확한 이미지로 인식되는 세계의 구성물들이 혼돈에 침식되면 마치 기괴한 악몽처럼 변질되어 버린다.

    정보세계의 주민인 종말의 군단의 일원들은 물질세계의 주민들과 달리 존재가 시간에 풍화되어 노쇠할 일이 없다. 그러나 그럼에도 그들의 세계는 수명이 유한했고 그 원인 중 하나는 혼돈의 침식이었다.

타락체들의 우두머리, 라지알은 그 경계에 와 있었다.

"오늘은 생산성이 별로군."

그렇게 중얼거리는 라지알의 주변에는 무수한 괴물의 시체들이 쌓여 있었다.

혼돈은 세계를 침식하여 괴물을 잉태한다.

당연히 종말의 군단은 자신들의 세계를 지키기 위해 이 괴물들을 격파해야 하는데, 이 과정에서 한 가지 부산물이 탄생했다.

혼돈의 괴물들의 시체를 재료로 써서 침략용 생체 병기를 만들어낸 것이다.

게이트라는 현상에 던져 넣기만 하면 아무런 제약 없이 물질세계로 침투해 들어갈 수 있는 존재.

지구에서는 그 존재들을 가리켜 '몬스터'라 부른다.

쿠구구구구…….

라지알이 이끄는 타락체 부대가 무수한 혼돈의 괴물을 쓰러뜨리다 보니 정보세계를 침식하던 혼돈의 물결이 물러간다.

오늘의 전투, 혹은 몬스터 생산을 끝낸 라지알이 중얼거렸다.

"비연이는 지구로 나갔을까?"

이비연은 타락체 중에서는 한 손에 꼽을 정도로 막강한 전투 능력의 소유자다. 전투 능력만으로 보면 군단이 투입할 수 있는 에이스 카드인 것이다.

그녀가 있는 게이트가 게이트 브레이크되어서 지구에 도달하기만 하면 작전은 성공한 것이나 다름없다. 라지알은 그렇게 믿어 의심치 않았다.

*　　　*　　　*

서용우와 이비연이 싸우는 것은 타이베이 게이트 브레이크 이후 3개월 만이었다.

그렇기에 이비연은 큰 기대를 하지 않았다. 특수한 규칙이 지배하는 어비스라면 모를까, 지구에서의 3개월은 그리 긴 시간이 아니니까.

지난번에 숨기고 있던 비장의 패들을 모두 꺼낸다면 죽지 않고 버텨서 살아남아 줄 것이다.

'그러면 또 다음 기회로 이어갈 수 있어. 오빠에게 충분한 시간이 주어지기만 하면, 언젠가 나를 죽여줄 수 있을 거야.'

그녀의 기대는 그 정도에 그쳤다.

그런데…….

파악!

허공에 거대한 붉은 선이 그어졌다.

쿠과과광!

그 선이 선샤인 사카에 빌딩 맞은편에 있는 고층 빌딩을 가르고 지나갔다. 커다란 빌딩이 비스듬히 잘라져서 그대로 미끄러져 떨어진다.

"……."

이비연은 경악으로 눈을 크게 뜨고 있었다.

그 붉은 선이 그녀의 몸통을 베고 지나갔기 때문이다.

"비연아."

용우는 지난번과 달리 헬멧의 바이저를 열지 않았다.

하지만 이비연은 그가 자신을 똑바로 보고 있다는 사실을 알았다. 아마도 그 눈동자는 그녀가 기억하는 대로 더없이 단호할 것이다.

"우리에게 3개월은 사람 하나를 죽일 준비를 하기에는… 충분하고도 남는 시간이었지."

특히 상대의 정보를 속속들이 알고 있다면, 어떻게 약점을 찌를까 고민하고 준비하는 데 그리 많은 시간이 필요하지 않았다.

'그래. 그랬었지.'

이비연은 과거의 기억을 떠올렸다.

13년 전 그날, 타락체가 되면서 단절된 기억이다. 그날로 그녀는 어비스에서 벗어나 군단의 일원이 되었고, 인간 이비연의 인격은 현실을 외면하고 내면 깊숙한 곳에 잠들어 있었다.

그래서일까? 이비연은 자신이 용우를 얕봤다는 사실을 인정할 수밖에 없었다.

우우우우우!

그녀의 눈앞에서 용우의 마력이 계속해서 상승한다.

하스라 코어만을 가졌을 때, 용우는 총 세 개의 성좌의 무기를 쓸 수 있었다. 빙설의 창과 대지의 로드는 하나로 합쳐서 쓰고, 불꽃의 활은 반발력을 억제하면서 쓸 수 있었던 것이다.

그리고 이제 볼더 코어를 손에 넣자 보다 자유롭고 강력한 활용이 가능해졌다.

푸른 하스라 코어와 붉은 볼더 코어가 맥동한다. 푸른빛과 붉은빛이 뿜어져 나와서 용우에게 녹아들어 가는 가운데…….

쾅!

그것을 두고 보지 않겠다는 듯 공격해 들어간 이비연이 튕겨 나갔다.

"기둥이 세 개나?"

눈앞의 광경에 이비연도 경악할 수밖에 없었다.

빙설의 창.

대지의 로드.

불꽃의 활.

이계의 성좌의 힘이 깃든 무기 셋이 한자리에 모여 있었기 때문이다.

*   *   *

한 사람이 성좌의 무기 셋을 가진다.

그것은 있을 수 없는 일이었다. 이비연이 알고 있는, 이 모든 일들의 규칙대로라면 그랬다.

"광휘의 데바나 때문에 하스라와 볼더를 죽인 게 오빠라는 사실은 알았어. 하지만 그건 어디까지나 정보세계라서 가능한 일이라고 생각했는데……."

이비연이 기억하는 시점까지의 서용우라면, 군주의 본체를 어찌하는 것은 무리였다. 하지만 그 후에 어비스 최후의 생존자가 되면서 더 큰 힘을 손에 넣었다면 가능할 수도 있다고 생각했다.

"오빠가 이레귤러라서 그럴 수 있었던 거구나."

이비연이 환하게 웃었다. 그녀는 진심으로 기뻐하고 있었다.

하지만 그것은 어디까지나 인간 이비연의 인격이 느끼는 감정이다.

타락체 이비연의 육체는 전력으로 눈앞에 나타난 위협을

타파할 방법을 찾고 있었다.

―찰나의 문!

이비연의 의식이 초가속 상태에 들어간다.

그 효과가 정신에 한정되며, 스펠의 유지 시간은 1초에 불과한 스펠. 하지만 사용자의 정신이 체감하는 시간은 그 180배인 3분에 달한다.

파직!

그런데 그때였다.

갑자기 이비연의 마력 컨트롤에 노이즈가 발생하면서 찰나의 문에 의한 가속 상태가 깨졌다.

"어?"

이 상황에는 인간 이비연의 인격도 놀랄 수밖에 없었다. 찰나의 문이 이런 식으로 깨질 수 있는 스펠이었단 말인가?

―공허의 감옥!

저주의 힘이 이비연을 사로잡고 있었다.

전투 중에 즉시성으로 거는 저주는 어지간해서는 이비연에게 통용되지 않는다. 그녀는 저주에 저항하는 수많은 특성을 가졌고, 저주에 대응하는 기술도 탁월했으니까.

하지만 이 저주는 다르다. 저항할 여지조차 주지 않고 완벽하게 그녀를 사로잡았다.

"…그거였구나."

어떻게 된 건지 알아차린 이비연이 웃었다.

용우의 옆에 커다란 호박석 같은 무언가가 떠서 빛을 발하고 있었다.

그 속에 있는 것은 사람의 손이다. 가녀린 소녀의 손이 잘린 채로 그 안에 존재하고 있었다.

타이베이에서 잘린 이비연의 손이었다.

저주를 걸 때 표적의 신체 일부를 촉매로 쓰는 것은 더없이 효과적이다. 머리카락이나 손톱 일부, 약간의 피만 확보해도 즉시성 저주보다 훨씬 강력한 저주를 걸 수 있다.

그런데 손 하나를 확보해서 3개월 동안이나 저주를 준비했으니 얼마나 강력한 저주가 걸리겠는가?

'게다가 조건이 명확하게 한정된 저주야. 역시 오빠답게 과욕으로 기회를 망치지 않는 완벽한 선택이야.'

용우가 건 저주의 효과는 명쾌했다.

이 저주에 걸려 있는 동안, 이비연은 시공간에 간섭하는 스펠을 전혀 쓸 수 없다.

그 결과 가속계 스펠 중 상당수, 그리고 텔레포트를 비롯한 공간 간섭계 스펠이 모조리 봉쇄당했다.

용우는 그 모든 것을 자유롭게 쓸 수 있음을 고려하면 이 순간 이비연의 전투 능력은 절반 미만으로 떨어졌다고 할 수 있었다.

"아하하하."

이비연은 웃음을 터뜨렸다.

자신이 죽을 수도 있다는 사실이 지금의 그녀에게는 더없는 기쁨이었다.

하지만 타락체 이비연은 그렇지 않다. 밀려오는 절망을 타파하기 위해 전력을 끌어내고 있었다.

콰과과과과광……!

고도의 스펠이 무수히 교차하면서 주변이 초토화된다.

"음……!"

용우가 헬멧 속에서 식은땀을 흘렸다.

그가 건 저주는 이비연의 전투 능력을 크게 저하시켰다. 그럼에도 지금 이비연의 공격은 등골이 서늘해질 정도로 위협적이었다.

'역시 만만치 않군.'

성좌의 무기 여럿과 군주들의 코어 둘을 손에 넣은 지금도 용우에게는 한 가지 약점이 있다.

그 힘을 다루는 본신 능력이 떨어진다는 점이다. 지구의 기준으로 보면 그는 이미 규격 외의 초인이지만, 그럼에도 어비스 때에 한참 못 미친다.

구세록의 계약자들은 성좌의 힘 자체를 받아들여서 변신하기에 이런 문제가 없다. 그러나 구세록의 구속을 거부한 용우에게 있어서 성좌의 힘은 결국 본신의 능력을 기반으로 활용하는 증폭기라는 한계가 있었다.

'그래도… 결국은 내가 이긴다.'

공간 간섭계 스펠을 쓰는 자와 그렇지 못한 자의 격차는 명확했다.

어느 순간, 이비연의 공격이 기세를 잃으면서 균형이 뒤집어졌다.

쾅!

폭음이 울리며 이비연이 쏘아진 포탄 같은 기세로 뒤로 날아갔다.

콰쾅! 콰과과과광!

그녀가 빌딩 모서리에 튕겨서 다른 빌딩을 뚫고 그다음에 위치한 폐빌딩의 철골에 처박혔다.

쿠구구구궁……!

그 충격을 이기지 못한 폐빌딩이 무너져 내린다.

우우우우우!

용우는 추가타를 날리는 대신 이비연의 맹공을 막느라 지연된 작업을 진행했다.

이계의 성좌의 힘이 깃든 무기 세 개가 하나로 융합되고 있었다.

'확실해.'

용우는 하스라 코어와 볼더 코어가 아무런 반발을 일으키지 않는 것을 보며 생각했다.

'의지가 거세된 코어는 서로 반발하지 않는다.'

빙설의 군주와 불꽃의 군주, 척 봐도 상극의 존재들이다. 그런데도 한번 깨져 나가면서 그들의 영혼, 혹은 의지라고 할 것이 사라져 버린 코어들은 아무런 반발도 일으키지 않았다. 오로지 주인인 용우의 의지에 복종할 뿐!

그리고 그 사실은 한 가지 사실을 증명해 준다.

'성좌의 무기에는 뚜렷한 의지가 있다.'

용우는 그 의지가 자아내는 반발력을 힘으로 억누르면서 하나로 융합시켰다.

쿠구구구구……!

반경 5킬로미터가 지진이라도 난 것처럼 뒤흔들렸다.

그리고 그 한복판에서 용우가 한 자루의 양손 대검을 들어 올렸다.

하스라 코어와 볼더 코어를 손에 넣자 성좌의 무기 네 개 모두를 소유해서 쓸 수 있었고, 그중 셋을 이렇게 하나로 융합시킬 수 있게 되었다.

그렇게 융합된 양손 대검은 손잡이와 중앙부는 암석인지 아니면 금속인지 알아보기 어려운 검은색을 띠고 있었고, 테두리와 칼날 부분은 LED와 비슷한 느낌의 청록색을 발하고 있었다.

쿠콰아앙!

무너진 빌딩이 폭발하면서 흙투성이가 된 이비연이 모습을 드러냈다.

"결정타를 가하려고 욕심을 부리지 않은 건 잘했어. 역시 오빠는 여전히 재수 없을 정도로 신중하네."

용우가 성좌의 무기를 융합시키느라 소모한 시간 동안 이비연도 태세를 재정비했다.

저주를 풀 수는 없었지만, 잘려 나간 팔을 재생하고 허리에 차고 있던 서양식 장검을 빼 들었다. 붉은빛으로 이계의 문자가 새겨진 그 장검은 이비연의 마력을 크게 증폭시켜 주고 있었다.

"재수 없다는 말은 빼자. 네가 너무 저돌적이었던 것뿐이야."

용우가 그녀 앞에 내려서며 말했다.

비록 저주에 걸리긴 했지만 이비연은 여전히 막강한 전투 능력의 소유자다. 마력 제한이 풀린 그녀의 마력은 9등급 몬스터 수준이었다. 거기에 군단이 그녀에게 쥐여준 마검이 더해지면 인류가 상정한 규격을 초월한 힘이 나온다.

그런 이비연이 모든 능력을 발휘할 수 있다면 그것만으로도 재앙이다.

하지만 그녀는 제대로 싸워보기도 전에 용우가 준비한 올가미에 걸렸다.

용우가 물었다.

"게이트는 타락체를 이 세계에 보내기 위한 통로 같은 거겠지. 혹시 게이트로 진입하면 곧바로 본거지로 귀환할 수 있나?"

"아니, 그런 건 불가능해. 게이트는 그냥 다리 같은 거야. 다리 너머로 가기 위해서는 결국 '다리를 건넌다'는 행위가 필요하잖아?"

"그럼 괜찮겠군."

그리고 용우가 이비연에게 돌진했다.

2

지구 인류 최강의 인간과 종말의 군단에서도 손꼽히는 강력함을 자랑하는 타락체.

콰콰콰콰콰콰!

둘이 검투를 벌이자 주변이 박살 나기 시작했다.

일진일퇴의 공방이다.

용우가 자유자재로 공간을 뛰어넘으며 맹공을 가하니 이비연은 아슬아슬하게 피하면서 밀려난다.

그러나 어느 순간, 그녀는 어지러울 정도로 빠르게 공간을 넘나드는 용우의 움직임에서 규칙성을 파악하고 반격을 가한다. 앞에서, 옆에서, 뒤에서 공격을 가하는 순간 그녀의 검이 그곳에 기다리고 있는 것이다.

"오빠의 능력은 지금의 나와 격투전을 벌이기에는 상성이 안 좋아."

이비연이 경고했다.

확실히 그랬다. 용우가 지닌 악의를 통찰하는 능력은 전투에 있어서 예지에 가까운 효과를 발휘한다.

하지만 타락체 이비연에게는 감정이 없다.

그녀는 용우를 파괴한다는 목적을 위해 합리적인 수단을 선택할 뿐, 악의를 품지 않기에 용우를 상대할 때 강하다.

"그리고 오빠는 예전부터 검투로 나한테 이겨본 적 없잖아? 오빠답지 않게 왜 군이 불리한 싸움을 하지?"

이비연의 움직임은 기묘했다. 용우는 분명 그녀보다 빨리 움직였고, 그녀의 움직임을 놓치지 않고 보고 있는데도 공격의 조짐을 감지할 수가 없었다.

상대가 노리는 타점을 미끄러지듯이 비켜나고, 상대가 시선이나 움직임을 보고 예측하는 것과는 전혀 다른 공격이 튀어나온다.

그것은 괴물을 상대하기 위한 전투법이 아니다.

인간을 죽이는 데 특화된 살인 기예다.

그 무서움을 알고 있으면서도 용우는 군이 검투를 고집했다.

콰아아아아아앙!

모든 방위를 점하고 힘으로 맞부딪칠 수밖에 없는 상황을 강요한다.

피할 수 없는 격돌의 순간, 충격파가 주변을 휩쓸었다.

이비연은 아슬아슬하게 용우의 공격을 비껴서 받아내었다. 하지만 용우는 그럴 줄 알았다는 듯 자세를 바꾸면서 그녀를 허공으로 쳐 올렸다.

투앙! 투아앙! 투아아앙!

그리고 그녀를 따라 솟구치면서 연속 공격을 가한다.

이비연은 압도적인 맹공을 곡예에 가까운 기술로 받아냈지만, 그럼에도 용우가 의도하는 대로 계속 하늘로 솟구치는 것을 막지 못했다.

한번 격돌할 때마다 속도가 더욱 가속한다. 중력을 거스르고 솟구치는데도 가속이 어마어마해서 둘이 싸우는 고도가 순식간에 5킬로미터를 돌파했다.

"무슨 생각이야, 오빠? 이대로 우주로 나가기라도 하려고?"

"물론 그런 건 아니야."

용우가 그리 말하는 순간이었다.

—오버 커넥트!

천공에 열린 워프 게이트가 이비연을 집어삼켰다.

용우와 이비연이 솟구치는 속도는 이미 극초음속에 도달했다.

'아.'

그런데 워프 게이트를 통과하는 순간, 날아가는 방향이 바뀌었다.

워프 게이트 너머에는 곧바로 산맥이 기다리고 있었다.

쾅과과과과과……!

미처 반응할 새도 없이, 이비연이 산에 처박혔다.

그 기세로 산봉우리 하나를 부수면서 관통하고, 그다음 산봉우리에 처박히자 충격으로 주변의 지반이 터져 나간다.

그에 비해 용우는 워프 게이트에 진입하는 순간 텔레포트를 펼쳐서 충돌을 피했다.

공간 간섭계 스펠의 유무는 이렇게까지 극명한 차이를 만들어내는 것이다.

"너랑 지구에서 싸우는 건 너무 민폐가 심하거든."

지금의 용우와 이비연이 전력으로 치고받는 것은 9등급 몬스터 둘이 치고받는 것보다 훨씬 더 여파가 크다.

둘의 전장으로 나고야는 너무 좁다. 용우는 이비연을 상대하면서 피해가 그 너머로 확장되는 것을 막을 자신이 없었다.

"그랬구나. 하긴 지구는 어비스가 아니지. 오빠 입장에서는 환경도 생각해야 한다는 걸 생각 못 했네."

이비연이 무너진 산의 잔해를 뚫고 일어났다.

그만한 충돌이었는데도 그녀에게는 대미지가 없다. 단순한 물리적 타격만으로는 강력한 허공장을 지닌 그녀를 해할 수가 없었다.

"여긴 어디야?"

이비연이 자신이 처박힌 산의 정상에 올라서면서 물었다.

"오래전에 사라진 게이트 안."

이곳은 용우가 확보한 소멸한 게이트 내부 필드 중에서 최대급인 곳이다.

하스라를 처치했던 곳 이상으로 거대한, 애비게일 카르타에게 공간 좌표를 제공받은 곳.

과거 9등급 몬스터가 출현했던 90미터급 게이트 내부 필드였다.

이곳의 광활함은 지금까지 용우가 경험한 다른 게이트 내부 필드와는 비교도 되지 않는다. 용우와 이비연이 전력으로 치고받기에 충분한 전장이었다.

"지구에서 죽을 수 없는 건 좀 슬퍼지네."

이비연이 처연하게 웃으며 말했다.

하지만 그녀의 감정과 별개로 육체가 움직인다. 1킬로미터 상공에서 자유낙하하고 있는 용우를 향해서 수십 줄기의 섬광이 날아올랐다.

"…그래. 여기서 끝낼 거야."

동시에 용우도 반격했다.

용우가 손가락을 튕기는 순간, 이비연은 절망적인 예감을 느꼈다.

"아……."

그녀는 한순간의 망설임조차 없이 도약 스펠로 뛰어올랐다. 땅을 박차고 날아오르는 순간 초음속에 도달할 정도로 빨랐지만······.

콰과과과과과과·········!

산을 통째로 날려 버리는 대폭발에서 벗어날 수는 없었다.

어마어마한 폭발이었다.

인류가 만들어낸 파괴 병기 중 이만한 파괴력을 자랑하는 것은 몇 개 없다. 그리고 이것은 전술핵급으로 분류되는 TNT 2만 톤급의 레이저 수소폭탄이 자아낸 폭발이었다.

그것도 한 번으로 그치지 않는다.

폭발의 진동이 퍼져 나가자 불과 수십 미터 떨어진 곳에서 동급의 폭발이 일어나고, 또 그만큼 떨어진 곳에서 동급의 폭발이 연쇄하면서 모든 것을 파괴한다.

지구에서 일어났다면 폐허가 된 나고야만이 아니라 중경권 전역을 잿더미로 만들고도 남았을 폭발이었다.

"······."

용우는 텔레포트로 20킬로미터 이상 멀어진 곳에서 대폭발이 연쇄하는 것을 지켜보았다.

3개월은 누군가를 죽이기 위한 준비를 하기에는 아주 긴 시간이다.

용우는 그 시간 동안 이비연을 죽이기 위한 만반의 준비를 마쳤다.

미국으로부터, 정확히는 애비게일 카르타로부터 대용량 마력 반응 탄두를 탑재한 전술급 레이저 수소폭탄 다수도 그 준비의 일부였다.

용우가 폭발용으로 세팅해 둔 대량의 마력석과 연쇄 폭발을 일으켰으니 아무리 이비연이라고 해도 무사할 수 없다.

그럼에도 용우는 공격을 멈추지 않았다.

─형상복원!

아공간에서 쏟아진 대량의 마력석이 한 점으로 집결하면서, 빙설의 창의 모조품을 만들어내었다.

─초열투창!

그리고 저주의 힘이 깃든 창이 극초음속으로 쏘아져 나갔다.

저주가 유지되는 한 이비연의 위치는 용우에게 실시간으로 탐지되고 있다. 대폭발이 퍼져 나가는 상황이라도 예외가 아니다.

콰과광!

그런데 날아가던 창이 갑자기 폭발했다.

솟구치는 폭연 속에서 발사된 섬광이 창을 요격한 것이다.

"역시……."

용우가 중얼거릴 때였다.

하늘에서 섬광이 소나기처럼 쏟아져 내리며 그를 때리기 시작했다.

"이 정도로 죽으면 곤란하지."

이비연이 쏘아 올렸던 수십 줄기의 섬광, 그것이 천공에서

굴절되면서 궤도를 바꿔서 용우를 노린 것이다.

뿐만 아니다.

―광휘의 세계수.

빛이 하늘을 집어삼키고 있었다.

이비연이 레이저 수소폭탄의 폭발 에너지를 변환, 자신의 마력과 융합해서 하늘로 쏘아 올렸다. 그리고 그 에너지를 순환 및 확장시키면서 모든 것을 찢어발기는 빛의 결계를 만들어낸 것이다.

그 규모는 실로 어마어마했다. 수십 킬로미터에 걸쳐 하늘이 빛으로 가득 차 있었다.

"유감이야, 오빠."

이비연은 거대한 빛의 결계를 등지고 있었다.

용우가 준비한 함정에서 빠져나온 것은 놀랍지만 멀쩡한 것은 아니다. 교복은 누더기로 변해 있었고 몸 여기저기 난 상처에서 검은 연기가 피어오르고 있었다.

"거의 죽을 뻔했는데."

이비연은 진심으로 유감이라는 듯 쓴웃음을 지었다.

정말로 죽는 줄 알았다. 그러나 그런 상황에서도 타락체 이비연은, 감정이 배제된 존재는 냉정하고 합리적인 사고를 통해 행동을 결정했다.

"영체화(靈體化)인가? 꽤 위험한 도박을 했군."

물질세계의 모든 구성 정보를 통째로 정보체로 바꾸는 스펠이다.

영체화하면 물리적 영향력에서 자유로워질 수 있다. 주변에서 천재지변이 일어나도, 핵폭탄이 터져도 아무런 영향을 받지 않는 것이다.

대신 영체화한 동안에는 아무런 물리적 영향력도 끼칠 수 없는, 상호 불간섭 상태에 빠진다.

또한 존재 자체가 불안정해지기에 집중력이 흐트러지면 그대로 존재의 구성 정보를 잃고 소멸하는 수가 있었다.

"아니면 그냥 죽었을 테니까. 그대로 소멸해 버렸으면 좋았을 텐데."

이비연이 그 상황에서 영체화한 것은 정말 위험성이 높은 도박이었다.

왜냐하면 용우가 파둔 함정은 그저 물리적 파괴를 일으키는 데 그치지 않으니까.

마력 반응 탄두, 그리고 폭발용으로 세팅해 둔 대량의 마력석이 같이 폭발했기에 그 여파가 영체화한 이비연에게도 닿던 것이다.

"마력은 절반 미만. 마검도 잃어버렸지. 그리고 허공장도 너덜너덜해졌어. 구멍이 숭숭 뚫린 거 보이지?"

이비연이 스스로의 상태를 빠르게 설명해 준다.

그리고 타락체 이비연은 하늘에 구축한 거대한 빛의 결계를 이용해서 공격을 개시했다.

꽝! 꽈광! 꽈과과과광!

용우와 이비연이 하늘을 종횡무진 누비면서 격돌했다.

분명 속도와 기동력은 용우가 이비연을 웃돌고 있었다. 시공간에 간섭하는 가속계 스펠에 텔레포트까지 자유자재로 쓰니 당연했다.

그런데도 이비연을 압도할 수가 없다.

'젠장, 역시 강해.'

이비연의 본신 능력이 높아서만이 아니다.

그녀가 펼친 빛의 결계 '광휘의 세계수'가 부족한 부분을 메꾸고 있었다.

용우는 블링크하면서 이비연이 따라갈 수 없을 정도로 빠르고, 다각도를 노리는 연속 공격을 날렸다.

앞에서 휘두른 검이 뒤를 베고, 옆을 노리던 검이 머리 위에서 내리꽂히는 예측 불허의 초공간 공세!

꽝!

그러나 그 모든 공격이 저지되면서 용우가 튕겨 나갔다.

공간 간섭계 스펠이 없으면 도저히 막아낼 수 없는 공세였다. 그럼에도 이비연이 완전무결한 방어를 자랑하는 이유는 간단했다.

빛의 결계로부터 발사된 섬광이 그녀의 사각을 메꿔주고 있기 때문이다.

파파파파파파!

튕겨 나간 용우를 하늘에서 쏟아진 섬광의 소나기가 난타했다.

"큭……!"

연달아 두들겨 맞은 용우가 바다로 추락했다.

퍼어어어어엉!

해수면이 폭발하면서 거대한 물보라가 솟구쳤다. 그것을 보며 이비연이 태연하게 스펠을 발한다.

―선다운 버스트 연속 투하!

빛으로 가득 찬 하늘에서 가느다란 빛 방울들이 떨어져 내린다.

콰아아앙! 콰광! 콰아아아아아앙!

대폭발이 연달아 바다를 뒤집었다.

한 발 한 발이 소형 전술핵급의 위력을 자랑하는 파괴 스펠이 연달아 터지고 있었다.

둘의 싸움은 이미 현대전의 국지전 규모를 월등히 뛰어넘었다. 지구에서 격돌했다면 작전 지역이 있던 모든 병력이 몰살당하고, 중경권의 방위 라인까지도 쓸려 버렸으리라.

쩌적……!

대폭발 속에서 유리에 균열이 발생하는 것 같은 소리가 울렸다.

―보이드 바운드!

공간이 깨져 나가면서 초고열이 폭발했다.

이비연이 방어하느라 공세를 늦추자 그 앞에 용우가 나타나서 검을 내려쳤다.

투아아아앙!

지옥 같은 열기의 격류가 찢어지면서 용우와 이비연이 힘겨루기에 들어갔다.

"……!"

그것도 잠깐, 둘은 균형을 무너뜨리면서 서로에게 공격을 가했다.

콰쾅!

크로스 카운터로 꽂힌 공격이 둘을 서로 반대편으로 튕겨내었다.

"오빠."

이비연이 입가의 피를 슥 닦으면서 말했다.

"왜 봐주는 거야?"

"……."

용우는 대답하지 않았다.

이비연의 붉은 눈동자가 분노로 타올랐다.

"왜 이렇게 답답하게 싸우는 거야? 아무리 봐도 나를 산 채로 잡으려고 하는 것 같은데… 봉인이라도 해보려고?"

"……."

"오빠답지 않아. 13년 동안 지구에서 지내보니 마음이 여려지기라도 한 거야?"

"......"

"그렇다면 실망인걸. 오빠가 상냥하고 사람다워졌다면 그건 좋은 일이지만… 지금 나한테 필요한 건 가차 없이 나를 죽일 수 있는 예전의 오빠니까!"

울분을 쏟아내는 이비연은 울 것 같은 얼굴을 하고 있었다.

절망적인 예감이 그녀를 지배하고 있다.

이대로라면, 서용우는 자신의 손에 죽는다.

이미 승패의 저울은 그녀에게 기울기 시작했다. 용우는 철저하게 준비된 덫으로 그녀의 발목을 붙잡아놓고도 역전을 허용하고 만 것이다.

"아직은 승산이 있어. 오빠라면 분명히 또 뭔가를 준비했을 테니까. 더 이상 망설이지 마. 언니와의 약속을 지켜줘, 제발……!"

이비연이 펼친 빛의 결계, 광휘의 세계수는 전술적인 차원에서는 거의 무한한 동력원이라고 할 수 있다.

일정 규모로 펼쳐서 안정화시키는 데 성공하면 그때부터는 그 위에서 쏟아지는 태양빛을 흡수해서 사용자에게 힘을 공급하는 것이다.

"…오빠를 죽이고 싶지 않아."

빛의 결계로부터 섬광이 소나기처럼 쏟아져 내린다.

초당 수천 발의 섬광이 육지와 해면을 타격하는 가운데, 용우는 허공과 해면을 밟고 질주하면서 현란한 회피 기동을 벌이고 있었다.

그러나 도망칠 곳이 없다.

텔레포트로 거리를 벌려도, 공간 왜곡장으로 섬광을 비켜내도 하늘을 점령한 거대한 빛무리로부터 쏟아지는 공세가 멈추지 않는다.

그리고 이비연은 그 속을 아무런 방해 없이 질주해서 용우를 공격했다.

콰직!

이비연의 손에서 뻗어 나온 에너지 칼날이 용우의 허공장을 뚫고 헬멧을 베어버렸다.

용우는 반쯤 부서진 헬멧을 벗어버렸다. 그로써 이비연은 용우의 얼굴을 볼 수 있었다.

"도망쳐."

그녀가 울먹이면서 말했다.

용우에게는 아직 한 가지 수단이 남았다.

바로 지구로 텔레포트해서 도망치는 것이다.

그러면 빛의 결계의 위협은 사라진다. 그리고 이비연은 공간 간섭계 스펠이 봉쇄당했으니 이곳에서 활동 시간을 다 소모하고 귀환당하게 되리라.

"…내가 말했지."

계속 침묵하고 있던 용우가 입을 열었다.

어느 순간, 용우의 움직임이 달라졌다.

투아아아앙!

용우는 어깨를 노린 이비연의 공격을 그냥 받아버리면서 그녀의 멱살을 쥐었다.

서로 숨결이 닿을 정도로 가까운 거리에서, 용우가 이글이글 타오르는 눈으로 그녀를 보며 말했다.

"여기서 끝낼 거라고!"

그리고 용우의 배틀 슈트가 푸른빛을 발하며, 이 순간까지 아껴두었던 M—링크 시스템이 발동했다.

3

이비연은 희망을 영영 잃어버렸던 날을 기억한다.

어비스는 지옥이었다. 그곳에서 보낸 나날은 절망으로 가득 차 있었다.

그럼에도 그곳에 있는 동안, 이비연의 마음 한구석에는 먼지처럼 하찮은 희망이 자리하고 있었다.

모든 게 잘될 거라는 믿음 따위는 아니었다.

이 모든 일이 끝나고 나면, 해피엔딩이 기다릴 거라는 기대도 없었다.

그저… 조금, 아주 조금 즐거운 시간이 있었을 뿐이다.

죽이고, 죽고, 죽이고, 죽고······.

그런 끔찍한 일들만 계속되는 시간 속에서, 모닥불을 피워 놓고 어깨를 맞단 채 시시콜콜한 이야기를 나눌 수 있는 사람들이 있었다.

그것은 분명 기적이었다.

어비스는 누구도 믿을 수 없고, 누구라도 미워할 수밖에 없는 세계였으니까.

불신과 증오를 강요하는 세계 속에서, 서로의 앞에서 무방비하게 잠들 수 있는 사람들이 모였던 것이 기적이 아니면 무엇이 기적일까?

'다들 무서웠던 거야.'

그리고 그 기적의 뿌리는 두려움이었다.

아무도 믿지 못하고, 누구하고도 말 한마디 나누지 못한 채 죽어갈지도 모른다는 두려움.

그들은 자신의 죽음보다도 고독함을 두려워했다. 그렇기에 고독함을 치유해 주는 사람을 위해서라면 목숨이라도 내줄 수 있었다.

'거기서 죽었어야 했어.'

타락체가 된다는 것은, 인간으로서는 죽음이나 마찬가지였다.

자신이 그런 운명에 사로잡혔음을 깨달았을 때, 이비연은 그 어느 때보다도 간절하게 바랐다.

누구든 좋으니까 자신을 죽여주기를.

인간 이비연으로 죽을 수 있게 해주기를.

하지만 불행하게도 그녀는 살아남았다. 심지어 인간 이비연의 인격조차 끈질기게 살아남고 말았다.

그리고 한 점의 희망조차 없는 지옥이 시작되었다.

차라리 다른 타락체처럼 인격이 완전히 표백되기라도 했으면 좋았을 것을, 그러지도 못하고 육체의 주인으로서의 자격만을 상실해 버렸다.

그녀는 그저 육체의 감각으로 세계를 살필 뿐, 직접 관여할 수 없는 관찰자로 전락했다.

내면의 감옥에 갇혀 있는 동안 이비연은 견디기 어려운 진실들을 알게 되었다.

자신은 그토록 그리워했던 지구로 돌아가게 될 것이다.

그리고 그리워했던 모든 것들을 파괴하고, 그 속에서 살아가던 사람들을 죽이게 될 것이다.

그 모든 것은 그녀의 선택이 닿지 않는 곳에서 이루어진다. 그녀가 할 수 있는 일은 아무것도 없었다.

그래서 이비연은 현실에서 눈을 돌리고자 노력했다. 영원히 내면에서 잠들어 있고 싶었다.

그날 서용우와 13년 만에 재회하지 않았더라면 그럴 수 있었을 것이다.

'용우 오빠가 살아 있었어.'

그와 재회하는 순간, 마음속 깊숙한 곳에 가라앉았던 이비연의 의식이 깨어나 현실을 바라보았다.

'오빠라면 나를 죽여줄 수 있을 거야.'

일그러진 희망의 불씨가 타오르기 시작했다.

*   *   *

세상에서 이비연의 전투 능력을 제일 잘 아는 사람을 한 명만 꼽으라면, 그건 분명 서용우일 것이다.

하지만 그런 용우조차도 장담할 수 없는 문제가 있었다.

13년이라는 세월 동안 이비연은 얼마나 변했을 것인가?

이 부분에 있어서만큼은 확실한 예측이 불가능했다.

그래서 용우는 최악의 경우를 상정하고 할 수 있는 모든 준비를 해왔다.

이 전장도, 땅에 매설해 두었던 전술급 레이저 수소폭탄도, 그리고 강력한 저주의 올가미도 모두…….

이비연이 자신이 알고 있던 것보다 훨씬 강해졌을 경우를 상정하고 준비한 것이다.

투학!

이비연이 자신의 멱살을 쥔 용우의 손을 뿌리쳤다.

우우우우우우우!

하지만 곧 그녀는 그것이 실수임을 깨달았다.

멀어지는 용우의 마력이 폭증하고 있었기 때문이다.

'아직도 마력을 더 상승시킬 수 있었어?'

이비연도 놀라지 않을 수 없었다.

다른 현대 병기와 달리 M—링크 시스템만은 규격을 초월한 용우의 힘에 망가지지 않는다. 이미 발산된 마력을 증폭시켜서 최종적인 출력을 높이는 구조였기 때문이다.

'권 박사, 당신은 최고야.'

이 순간 용우는 이비연을 완전히 압도하는 출력을 자랑하고 있었다.

'길어봐야 2분.'

그동안 버전 업된 M—링크 시스템은 세밀한 출력 조정이 가능해졌다.

보다 저출력으로, 길게 작동하는 것도 가능하고 그 반대로 보다 고출력으로 짧게 작동하는 것도 가능하다.

당연히 용우는 고출력 모드로 승부를 걸었다.

쫘아앙!

섬전처럼 달려든 용우의 검격이 이비연을 강타했다.

이비연이 포탄처럼 튕겨 나가는 가운데, 용우가 양손 대검으로 하늘을 가리켰다.

"광휘의 세계수는 확실히 귀찮지."

용우는 이곳을 전장으로 삼는 순간, 이비연이 광휘의 세계수를 결전용 카드로 쓸 수 있다는 사실을 염두에 두고 있었다.

"하지만 설마 내가 비연이 네가 저거 쓸 줄 몰랐을 것 같아?"

그렇기에 그것을 봉쇄할 준비도 해뒀다. 그저 드넓은 전장 곳곳에 흩어서 설치해 둔 것들을 발동하는 데 시간이 좀 걸렸을 뿐이다.

바다 깊숙한 곳이 빛을 발하더니 거대한 빛기둥들이 분출되었다.

쿠과과과과!

특정한 세팅을 해둔 마력석 더미들이 연소하면서 초고밀도의 마력 광선을 뿜어낸다.

그리고 그 광선들이 빛의 결계를 뚫고 그 너머에서 기다리는 무언가에게로 집결했다.

"저건……?"

놀라는 이비연의 시야에는 빛의 결계 너머에서 벌어지는 일이 보이고 있었다.

지구로 치면 성층권에 해당하는 고도를 거대하고 새카만 도끼 한 자루가 날고 있었다.

성좌의 무기, 굉음의 도끼였다.

마력석이 분출한 광선이 굉음의 도끼에 집결하자 용우가 미리 장전해 둔 스펠을 발했다.

―봉인(封印)!

굉음의 도끼를 중심축으로 삼아 발동한 봉인 스펠이 하늘을 집어삼켰다.

......!

일순간에 하늘을 가득 채웠던 거대한 빛무리가 소멸했다.

"하……."

이비연이 어이가 없어서 입을 뻐끔거렸다.

9등급 몬스터를 포함한 몬스터 대군조차도 학살할 수 있는 거대한 힘.

그녀의 결전 병기라고 할 수 있는 스펠이 한순간에 무력화된 것이다.

심지어 그 봉인은 타깃 지정형이다.

이비연은 몇 번이고 다시 광휘의 세계수를 펼칠 수 있지만, 펼치는 족족 저 봉인에 집어삼켜질 것이다.

이것은 즉시성 스펠로는 불가능한 일이었다. 용우는 정말로 이비연을 잡기 위해 철저한 준비를 마친 것이다.

"아하하하하!"

이비연이 웃음을 터뜨렸다.

그 사실을 깨닫자 방금 전까지의 비통함은 씻은 듯이 사라지고 기쁨이 샘솟았다.

이걸로 승패의 저울추는 다시금 용우에게 기울었다.

그리고 용우의 철두철미함은 여기서 그치지 않았다.

―죄인의 자리!

드넓은 전장 곳곳에서 투명한 사슬 수십 개가 날아들어 이비연을 결박했다.

역시 대량의 마력석을 투입해서 준비한 저주였다.

전장 곳곳에 박혀 있는 저주의 쐐기가 이비연의 움직임과 마력 컨트롤을 둔화시킨다.

이비연의 눈이 빛났다.

'드디어…….'

이 절망에 종지부를 찍을 수 있다.

이비연의 육체가 발버둥 친다. 몰아치는 용우의 맹공을 받아내면서 어떻게든 활로를 찾으려 한다.

그것은 집념이 아니었다. 감정이 거세된 존재가 생존이라는 목적을 위해 발버둥 치는, 열기라고는 전혀 없는 차가운 처절함이었다.

파악!

이비연의 양팔이 잘려 나갔다.

팍! 파박!

용우가 날린 단검이 이비연의 몸통과 허벅지에 꽂혔다.

콰아아아앙!

그리고 머리가 용우의 왼손에 붙잡힌 이비연이 그대로 대지에 내리꽂혔다.

"……."

용우는 이비연을 제압한 채로 그녀를 바라보았다.

폭음이 잦아드는 가운데, 두 사람의 눈이 마주쳤다.

"…어째서야?"

이비연이 우는 건지 웃는 건지 모를 표정으로 말했다.

"왜 이러는 거야?"

용우에게는 살의가 없다.

옛정 때문에 마음이 흔들려서 망설이는 게 아니다. 처음부터 이비연을 죽일 마음이 없었다.

이비연은 그 사실을 알아차리고 혼란스러워했다.

"난 타락체야. 원래대로 돌아갈 방법 따위 없어. 날 봉인하고 시간을 벌어봤자 마찬가지야. 이미 군단에서는 타락체에 대한 연구가 끝난……."

"난 세상을 구할 거야."

문득 용우가 말했다.

말이 잘린 이비연이 그의 말을 기다렸다.

"지구 인류 전부를 빚쟁이로 만들 생각이지. 그러니까 이 정도는 내 마음대로 할 거다."

"뭘?"

"알게 될 거야."

용우가 아공간에서 뭔가를 소환해서 쥐었다. 그것은 투명한 빛을 발하는 창이었다.

"좋은 꿈 꿔라."

용우는 그 창으로 이비연의 심장을 꿰뚫으며 속삭였다.

'아.'

이비연은 무슨 일이 일어나는 건지 알 수 없었다.

심장이 파괴당하면서 급격하게 눈앞이 흐려지고, 의식이 캄캄한 어둠 속으로 잠겨들고 있었다.

'죽는구나.'

이비연은 그 사실에 미소 지으며 어둠에 녹아들었다.

*　　　*　　　*

나고야 수복 작전이 끝났다.

그 결과는 일본은 물론이고 전 세계에 커다란 충격을 안겨주었다.

나고야 시내에서 8등급 몬스터 둘을 동시에 상대해야 하는 상황에서 40미터급 게이트와 45미터급 게이트가 동시에 열렸고, 그중 하나는 결국 게이트 브레이크를 일으켰다.

작전 데이터 대부분은 기밀로 감춰졌지만, 대략적인 사항들은 일본 언론을 통해서 발표되었다. 그리고 그런 상황에서도 피해 없이 작전을 성공적으로 마무리 지었다는 사실은 충격적일 수밖에 없었다.

"난리도 아니군."

차준혁이 창문으로 호텔 밖을 바라보며 중얼거렸다.

첫날 작전이 끝난 후, 팀 섀도우리스가 머무는 호텔 주변에는 엄청난 인파가 모여 있었다.

언론만이 아니라 수많은 일본 국민들이 모여서 오늘의 성과에 대한 찬사와 감사를 보낸다. 호텔의 고층 스위트룸에 있는데도 그들이 내지르는 소리가 쩌렁쩌렁 울리고 있었다.

차준혁은 그 사실에 기뻐하지 않았다.

"불안해?"

용우의 물음에 차준혁이 무슨 소리를 하느냐는 듯 그를 바라보았다. 하지만 잠시 생각해 보더니 고개를 끄덕였다.

"…그렇군, 불안해."

"뭐가 불안하지?"

"우리한테 쏟아지는 관심은 언제든지 부정적으로 변할 수 있지. 넌 그래서 정체를 감추고 사는 건가?"

"난 그냥 모르는 사람들의 관심 자체가 싫어."

용우는 딱 잘라서 말했다. 그런 마음은 지구로 귀환한 후로 지금까지 한순간도 흔들린 적이 없었다.

"그런 것치고는 코드네임 제로니 뭐니 하는 것부터가……."

"그건 백 사장님 센스였다. 내가 정한 거 아냐."

"그랬나."

차준혁이 피식 웃더니 음료수 캔을 땄다. 그리고 탄산음료를 홀짝거리더니 말했다.

"우리가 능력을 과시하면 과시할수록… 우리에게 의존하기도 하겠지만, 왜 이 힘을 공유하지 않느냐는 비난도 쏟아지겠지."

"그건 어쩔 수 없어. 그래서 그런 헐렁한 핑계를 마련해 둔 거고."

"힘을 내놓으라고 하는 놈들한테는 그게 불가능하다는 말 따위는 안 먹히겠지. 테러 걱정을 해야 할 것 같은데?"

"하거나 말거나 상관없잖아?"

"그건 그렇지만… 네 일이지 내 일 아니라는 태도가 너무 노골적인 거 아닌가, 캡틴?"

차준혁의 투덜거림에 용우가 어깨를 으쓱했다.

"걱정 마."

"안 할 수가 있나?"

"건드리는 놈이 있으면, 우리를 상대로는 안전한 곳에서 일 방적으로 공격하는 게 불가능하다는 진리를 알려주면 그만이 니까."

"……."

"우리를 툭 건드릴 때마다 실행한 놈은 물론이고 관여한 놈 전부, 가장 안전한 곳에 있다고 착각하고 있는 명령권자에 이 르기까지 조직 전부가 증발한다. 그런 일이 두 번만 반복되어 도 죄다 찌그러질걸."

이미 용우는 팬텀이라는 글로벌한 범죄 조직을 상대로 그 진리를 실천해 보인 바 있었다.

어이없다는 표정을 짓는 차준혁에게 피식 웃어준 용우가
몸을 일으켰다. 차준혁이 물었다.

"어디 가려고?"

"잠깐 바람이라도 쐬고 오려고."

차준혁은 바깥에 이렇게 사람이 많은데 어쩔 거냐고 묻지
는 않았다. 그들에게는 밖에 사람이 있거나 없거나 상관없었
으니까.

용우는 그대로 텔레포트해서 사라졌다.

"보복이라……."

혼자 남은 차준혁은 용우의 말을 곱씹듯이 중얼거렸다.

*   *   *

"절경이군."

용우는 퍼스트 카타스트로피 이후로는 아무도 등반하지
못한 곳, 후지산 정상에서 지상을 굽어보며 말했다.

밤이라 끝없이 펼쳐진 운해가 달빛에 꿈틀거리며 흐르는 광
경은 이 세상의 풍경이라기보다는 신화의 일부처럼 아름다웠
다.

"어때? 너도 보여?"

용우가 옆을 돌아보며 물었다.

그곳에는 한 자루 창이 꽂혀 있었다.

은은한 빛을 발하는, 투명한 소재로 만들어진 창이다. 창에다 대고 다정하게 말을 걸다니 미친놈이나 할 법한 짓이었지만······.

　〈···오빠, 도대체 뭘 한 거야?〉

　얼떨떨해하는 이비연의 목소리가 텔레파시로 들려왔다.

『헌터세계의 귀환자』 7권에 계속···